陆蠡散文经典

囚绿记

陆蠡◎著

吉林出版集团股份有限公司

图书在版编目（CIP）数据

囚绿记：陆蠡散文经典 / 陆蠡著 . —长春：吉林出版集团股份有限公司， 2017.11
ISBN 978-7-5581-3084-7

Ⅰ . ①囚… Ⅱ . ①陆… Ⅲ . ①散文集—中国—现代
Ⅳ . ① I266

中国版本图书馆 CIP 数据核字（2017）第 262469 号

囚绿记：陆蠡散文经典

著　　者　陆　蠡
策划编辑　杜贞霞
责任编辑　齐　琳　史俊南
封面设计　老　刀
开　　本　650mm × 960mm　1/16
字　　数　144 千字
印　　张　12
版　　次　2018 年 3 月第 1 版
印　　次　2021 年 6 月第 2 次印刷

出　　版　吉林出版集团股份有限公司
电　　话　总编办：010-63109269
　　　　　发行部：010-69584388
印　　刷　天津雅泽印刷有限公司

ISBN 978-7-5581-3084-7　　定价：39.80 元

目　录

《因绿记》序

我羡慕两种人。

一种赋有丰盛的想象，充沛的热情，敏锐的感觉，率真的天性。他们往往是理想者，预言者，白昼梦者。他们游息于美丽的幻境中，他们生活在理想之国里。他们有无穷尽的明日和春天。他们是幸福的。

另一种具有冷静的思维，不移的理智，明察的分析，坚强的意志。他们往往是实行者，工作者，实事求是的人。他们垦辟自己的园地，他们的生活从不离开现实。他们有无止境的乐趣和成就，他们是幸福的。

前者是诗人的性格，后者是科学家的典型。

前者是感情的师傅，后者是理智的主人。

我羡慕这两种性格。

反观我自己？

两者都不接近。

我是感情的奴役，也是理智的仆隶。

我没有达到感情和理智的谐和，却身受二者的冲突；我没有得到感情和理智的匡扶，而受着它们的轧轹；我没有求得感情和理智的平衡，而得到这两者的轩轾。我如同一个楔子，嵌在感情和理智的中间，受双方的挤压。我欢喜幻想，我爱做梦，而我未失去动物的本能，我不能扮演糊涂，假作惺忪。我爱松弛灵魂的约束，让它遨游空际，而我肉身生根在地上，足底觉触到地土的坚实。我构设许多崇高的理想，却不能游说自己，使之信服；我描拟许多美丽的计划，仍不能劝诱自己，安排自己。我和我自己为难。我不愿自己任情，又不能使之冷静；我想学习聪明，结果是弄巧反拙。我弃去我所喜悦的我所宝贵的，而保留住我所应当忘去的应当屏除的；我有时接受理智的劝告，有时又听从感情的怂恿；理智不能逼感情让步，感情不能使理智低头。这矛盾和轇轕，把我苦了。

啊！我是一个不幸的卖艺者。当命运的意志命我双手擎住一端是理智一端是感情的沙袋担子，强我缘走窄小的生命的绳索，我是多么战兢啊！为了不使自己倾跌，我竭力保持两端的平衡。在每次失去平衡的时候便移动脚步，取得一个新立足点，或则是每次移动脚步时，要重新求得一次平衡。

就是在这时刻变换的将失未失的平衡中，在这矛盾和轇轕中，我听到我内心抱怨的声音。有时我想把它记录下来，这心灵起伏的痕迹。我用文字的彩衣给它穿扮起来，犹如人们用美丽的衣服装扮一个灵魂；而从衣服上面并不能窥见灵魂，我借重文采的衣裳来逃避穿透我的评判者的锐利的眼睛。我永远是胆小的孩子，说出心事来总有几分羞怯。

这集子就是我的一些吞吐的内心的呼声，都是一九三八年秋至一九四。年春季间写的。在这时期内敢于把它编成集子问世，是基于对读者的宽容的信赖的。

至今还不曾替自己的集子写序。写这序的，是自白的意思，也是告罪的意思。以后，不想写什么了。

一九四〇年六月二十五日

囚绿记

这是去年夏间的事情。

我住在北平的一家公寓里。我占据着高广不过一丈的小房间，砖铺的潮湿的地面，纸糊的墙壁和天花板，两扇木格子嵌玻璃的窗，窗上有很灵巧的纸卷帘，这在南方是少见的。

窗是朝东的。北方的夏季天亮得快，早晨五点钟左右太阳便照进我的小屋，把可畏的光线射个满室，直到十一点半才退出，令人感到炎热。这公寓里还有几间空房子，我原有选择是自由的，但我终于选定了这朝东房间，我怀着喜悦而满足的心情占有它，那是有一个小小理由。

这房间靠南的墙壁上，有一个小圆窗，直径一尺左右。窗是圆的，却嵌着一块六角形的玻璃，并且左下角是打碎了、留下一个大孔隙、手可以随意伸进伸出。圆窗外面长着常春藤。当太阳照过它繁密的枝叶，透到我房里来的时候，便有一片绿影。我便是欢喜这片绿影才选定这房间的。当公寓里的伙计替我提了随身小提箱，领我到这房间来的时候，我瞥见这绿影，感觉到一种喜悦，便毫不犹疑地决定下来，这样了截爽直使公寓里伙计都惊奇了。

绿色是多宝贵的啊！它是生命，它是希望，它是慰安，它是快乐。我怀念着绿色把我的心等焦了。我欢喜看水白，我欢喜看草绿。我疲累于灰暗的都市的天空和黄漠的平原，我怀念着绿色，如同涸辙的鱼盼等着雨水！我急不暇择的心情即使一枝之绿也视同至宝。当我在这小房中安顿下来，我移徙小台子到圆窗下，让我的面朝墙壁和小窗。门虽是常开着，可没人来打扰我，因为在这古城中我是孤独而陌生。但我并不感到孤独。我忘记了困倦的旅程和已往的许多不快的记忆。我望着这小圆洞，绿叶和我对语。我了解自然无声的语言，正如它了解我的语言一样。

我快活地坐在我的窗前。度过了一个月，两个月，我留恋于这片绿色。我开始了解渡越沙漠者望见绿洲的欢喜，我开始了解航海的冒险家望见海面漂来花草的茎叶的欢喜。人是在自然中生长的，绿是自然的颜色。

我天天望着窗口常春藤的生长。看它怎样伸开柔软的卷须，攀住一根缘引它的绳索，或一茎枯枝；看它怎样舒开折叠着的嫩叶，渐渐变青，渐渐变老，我细细观赏它纤细的脉络，嫩芽，我以拔苗助长的心情，巴不得它长得快，长得茂绿。下雨的时候，我爱它淅沥的声音，婆娑的摆舞。

忽然有一种自私的念头触动了我。我从破碎的窗口伸出手去，把两枝浆液丰富的柔条牵进我的屋子里来，教它伸长到我的书案上，让绿色和我更接近，更亲密。我拿绿色来装饰我这简陋的房间，装饰我过于抑郁的心情。我要借绿色来比喻葱茏的爱和幸福，我要借绿色来比喻猗郁的年华。我囚住这绿色如同幽囚一只小鸟，要它为我做无声的歌唱。

绿的枝条悬垂在我的案前了。它依旧伸长，依旧攀缘，依旧舒放，并且比在外边长得更快。我好像发现了一种“生的欢喜”，超过了任何种的喜悦。从前我有个时候，住在乡间的一所草屋里，地面是新铺的泥土，未除净的草根在我的床下茁出嫩绿的芽苗，蕈菌在地角上生长，我不忍加以剪除。后来一个友人一边说一边笑，替我拔去这些野草，我心里还引为可惜，倒怪他多事似的。

可是在每天早晨，我起来观看这被幽囚的“绿友”时，它的尖端总朝着窗外的方向。甚至于一枚细叶，一茎卷须，都朝原来的方向。植物是多固执啊！它不了解我对它的爱抚，我对它的善意。我为了这永远向着阳光生长的植物不快，因为它损害了我的自尊心。可是我囚系住它，仍旧让柔弱的枝叶垂在我的案前。

它渐渐失去了青苍的颜色，变成柔绿，变成嫩黄，枝条变成细瘦，变成娇弱，好像病了的孩子。我渐渐不能原谅我自己的过失，把天空底下的植物移锁到暗黑的室内；我渐渐为这病损的枝叶可怜，虽则我恼怒它的固执，无亲热，我仍旧不放走它。魔念在我心中生长了。

我原是打算七月尾就回南去的。我计算着我的归期，计算这“绿囚”出牢的日子。在我离开的时候，便是它恢复自由的时候。

卢沟桥事件发生了。担心我的朋友电催我赶速南归。我不得不变更我的计划，在七月中旬，不能再留恋于烽烟四逼中的旧都，火车已经断了数天，我每日须得留心开车的消息。终于在一天早晨候到了。临行时我珍重地开释了这永不屈服于黑暗的囚人。我把瘦黄的枝叶放在原来的位置上，向它致诚意的祝福，愿它繁茂苍绿。

离开北平一年了。我怀念着我的圆窗和绿友。有一天，得重和它们见面的时候，会和我面生么？

水碓（故乡杂记之一）

谁曾听到急水滩头单调的午夜的碓声么？

那往往是在远离人居的沙滩上，在嘈嘈切切喁喁自语的流水的漈涯，在独身的鸱枭学着哲人的冥想的松林的边际，在拳着长腿缩着颈肚栖宿着黄鹭的短丛新柳的旁边，偶时会有一只犰狳从林间偷偷地跑出来到溪边饮水，或有水獭张皇四顾地翘起可笑的须眉，远处的山麓会传来两三声觅食的狼嗥，鱼群在暗夜里逆流奔逐上急湍，鳍尾泼水的声音好像溪上惊飞的凫鸟，翅尖拍打着水面的匀而急促的哒哒水花的溅声。

那往往是雨雪交加的冬令，天地凝冻成一块，这孤独的水碓更冷落得出奇了。况当深夜，寒风陡生，这没有蔽隐的水碓便冰冻得像地狱底。茅草盖的屋篷底下隐藏着麻雀，见人灯火也不畏避，它们完全信赖人们的慈悲，虽则小脑中在忐忑，而四周冷甚于冰，这水碓里尚有一丝温暖呢。

那往往是岁暮的时节，家家都得预备糕和饼，想借此讨好诱惑不徇情的时光老人，给他们一个幸福的新年。于是便不惜宝贵的膏火，夜以继日地借自然的水力挥动笨重的石杵，替他们舂就糕饼的作料和粉，于是这平时仅供牧羊人和拾枯枝的野孩儿打盹玩着“大虫哺子”的游戏的水碓，便日夜地怒吼起来了。

那是多么可怜的水碓啊！受了冷、热、燥、湿褪成灰白色的稻草帘，片片地垂下来，不时会被呼啸的朔风吹开一道阔缝。水风复从地底穿上来。守碓人乃不胜其堕指裂肤的寒冷。篷顶的角上垂着缀满粉粒的蛛网，好像夏日清晨累累如贯珠的一串缀满晓露的蛛网一样，不过前者是更细密不透明的罢了。地上的一隅，一只洋铁箱里放着一盏油灯，因为空气太流动，荧荧如豆的黄绿的灯光在不停地颤动。一双巨大的石杵单调地吼着。守碓人盘坐着的膝盖麻木了，受了这有规则的碓声的催眠，忘了身在荒凉的沙滩，忘了这将残的岁暮，忘了这难辨于麻木的感觉的寒冷，忘了主人严峻的嘱咐，在梦着家中壁角上粗糙的温暖的被窝，灶前熊熊的炉火，和永远不够睡的漫长的冬夜，于是眼睛便蒙上了。

当我听到这沉重的午夜的碓声，就不能不想到街邻的童养媳来。她是贫家的女儿，为了养不活便自幼把她许给一家糕饼店的做童养媳了。她那时是十五岁，丈夫年仅十一。她处身在别人都是“心头肉”的儿女们中间，“她是一根稗草，无缘无故落到这块田里，长大起来的”，一如人家往常骂她的话。她承受了凡是童养媳所应受的虐待和苛遇：饥饿，鞭挞，拿绳缠在她的指上，灌上火油点着来烧，冬天给她穿洋布衫，夏天给她穿粗布，叫她汲水、牵磨、制糕饼、做粗动细，凡是十五岁不应做的事都做了。而更残酷的便是每每在冬夜叫她独个去守水碓，让巨灵般的杵臼震怖她稚弱的灵魂，让黑夜的恐怖包围着她，让长夜无休息的疲劳侵蚀她，听说终于在一个将近除夕的冬夜里，被石杵卷进臼里，和糕饼粉捣成了肉酱；听说这粉还多拌上一些红糖做成饼子出卖哩！于是我便咒诅这午夜号吼的碓声，咒诅这吃食那些和着人血的糕饼的人。而我愿意会有一天一根蛛丝落在半明半灭的灯火上，把整个稻草篷点上了烈火，燔毁这杀人的臼杵。或有夏日的山洪，把水碓连泥带土地冲流漂没，不让有人知道这人间血腥的故事，不让林中食母的鸱枭讥我们和它一样的自食同类。而目前，我只有掩上临溪的窗户，用被蒙住头，不让隔岸的碓声传进来罢了。

哑子（故乡杂记之二）

他就叫作哑子。天生的不具者，每每是连名字都没分儿消受的。

高大的身材，阔的肩，强壮的肌肉，粗黑的脸配上过大的嘴，这可说是典型的粗汉。

一年到头的装束几乎是一样。破旧的布衫围着蓝的腰带。鞋子总不是成对的。

他是什么地方人，什么时候到我们村里来，人们也模糊了。他是在八月田忙的时候随着一群割稻客到这村里来的。过后，他们都回去了，带着几个辛苦的钱回去给他们的妻子。而他大概是不曾成家吧，此间人意尚好，便留下了。

说起割稻客这名词，在我们乡间有两种意义的：我们称那种身材短小黄褐色的蜻蜓——书本上正式称为蜻蛉的，停时两翅平展，和停时两翅摺叠竖在背上的不同，后者叫作豆娘——为割稻客。因为在七八月间稻熟时便成群结队地飞来，正如成群到村间找工作的割稻客一样。便在现时，这两种割稻客都应时地到来，使我们得到不少的帮助。

Stuart chase 曾说起在美国每年有大批的农民，偷乘火车四处流浪找工做。在我们故国，这种缩小的影绘我曾亲眼看到。我们山间的农民，自己无工可做，便于稻熟时结队到四处乡间找工做帮忙。不过他们不如资本主义发展到高潮的美国农民那般狼狈，他们都有一个小小的温暖的家，而做工多少也带着几分年轻人高兴的气质的。

却说我们的哑子，便是这流人物。在某月某日流到我们这乡间。大概即使不乐，也无蜀可思的缘故吧，他便住下来。因为他是哑子，也不易得罪人。他便替人舂米、牵磨、排水、做杂工。虽则有时吃不到早饭，但是其余的两餐总不致挨饿的。

在一九二八年的年头，我们乡间第一次进了一架碾米机。这是摧毁人力劳动的第一机声罢，这是第一次伸到农村里都市的触角罢。大桶的柴油做美金元资本侵入的前驱，而破人晓梦的不是鸡声而是机械的吼声了。

虽则是一九二八年的机械，虽则是在一九二八年的内燃机是十二分完美了的，但是我们乡间的机械是笨拙不堪。所以机械来了，结果不是人驱使机械，而是机械驱使人，两个人般高的飞轮摇动时是需要两个壮汉的力量。

主人为了开车的事情央人受了不少的麻烦。而哑子在这地方便显出他的神力了。他只要一个人，飞轮摇动了，机械做起工来，大家都满意。

从此，哑子便专在此间摇车了。三餐饭食有人送来。主人也大量的，每天收入的铜元随手拿几十个给他，叫他积起来买件衣服穿。

但是哑子跑去买了花纸回来，余下的钱在赌摊上输了。哑子仍然没有一个钱。

为了机械的窳劣，碾米不久也停顿了。哑子又过原来的生活，排水、舂米、牵磨了。

哑子时常到人家里去看看水缸，拿起扫帚来东一下西一下，人们也高兴给他一点咸菜，几碗饭。有时给他一点钱，便数也不数地放在衣袋里。

哑子有时向我们要件旧衣服，要点东西；假如不给他，便装装手势说："在手摇蒲扇汗如雨下的时候要我挑水，而现在一点东西都不肯给，这是不该……"我们都懂的，有时实也因胡缠便故意拒绝他。第二次来时却仍是和颜悦色的。

哑子没有结婚，也不曾恋爱。有时看到女人会装手作势讨她欢喜，而每每遇到可悯的教训。一次头被人家打破了，拿着一张纸要到衙门里去告状，是人们暗地给他几个钱了事了。

不知为了什么事，又是一次被人毒打，病得厉害。而此番后气力便远不如前，挑水也少了，脸色萎黄了。

现在已不是一九二×年，碾米久已停顿，便是我们也不如往日称心。哑子生活，也日益艰苦。

哑子已过了中年，较前沉郁了。阴历岁除时，在我家里盘旋不去。我在缸里捞了两条又大又白的年糕——我们的年糕很大，浸在水里的——用纸包好给他，他意外地高兴走了。

我们在和暖的灶边过了年。哑子在什么地方守他的残岁呢？我不知道。

哑子现尚健在。假如到我家乡去，我可以介绍你认识。哑子以后是不会再买花纸了罢。

一九三三年

蟋蟀（故乡杂记之三）

小的时候不知在什么书上看到一张图画。题的是“爱护动物”。图中甲儿拿一根线系住蜻蜓的尾，看它款款地飞。乙儿摇摇手劝他，说动物也有生命，也和人一样知道痛苦，不要残忍地虐杀它。

母亲曾告诉我：从前有一个读书人，看见一只蚂蚁落在水里，他抛下一茎稻草救了它。后来这位读书人因诬下狱，这被救的蚂蚁率领了它的同类，在一夜工夫把狱墙搬了一个大洞，把他救了出来。

父亲又说：以前有一个隋侯，看见一只鹞子追逐着黄雀。黄雀无路可奔，飞来躲在他的脚下。他等鹞子去了，才把它放走。以后黄雀衔来一颗无价的明珠，报答他救命的恩德。

在书上我又读到：“麟，仁兽也，足不履生草，不戕生物。”

所以，我自幼便怀着仁慈之意，知道爱惜它们的生命。我从来不曾用线系住蝉的细成一条缝似的头颈，让它鼓着薄翅团团转转地飞。我从来不曾用头发套住蟋蟀的下颚，临空吊起来飕飕地转，把它弄得昏过去，便在它激怒和昏迷中引就它们的同类，促使它们做死命的啮斗。我从来不曾用蛛网络缠在竹箍上，来捉夏日停在墙壁上的双双叠在一起的牛虻。也从来不曾撕断蚱蜢的大腿，去喂给母鸡。

在动物中，我偏爱蟋蟀。想起这小小的虫，那曾消磨了多美丽的我的童年的光阴啊！那时我在深夜中和两三个淘伴蹑手蹑脚地跑到溪水对岸的石滩，把耳朵贴在地上，屏住气息；细辨在土的旁边或石块底下发出的瞿瞿的蟋蟀的声音所自来的方向。偷偷跑上前去，用衣袋里的麦麸做了记认，次晨在黎明时觅得夜晚的原处，把可爱的虫捉在手里。露濡湿了赤脚穿着的鞋，衣襟有时被荆棘抓破，回家来告诉母亲说我去望了田水回来，不等她的盘诘，立刻便溜进房中，把捉来的蟋蟀放在瓦盘里，感到醉了般的喜悦，有时连拖泥带水的鞋子钻进床去，竟倒头睡去了……

我爱蟋蟀，那并不是爱和别人赌钱斗输赢，虽则也往常这样做。但是我不肯把战败者加以凌虐，如有人剪了它们的鞘翅，折断了它们的触须，卑夷地抛在地上，以舒小小的心中的怨愤。我爱着我的蟋蟀，我爱它午夜在房里蛩蛩地“弹琴”，一如我们的术语所说的。有时梦中恍如我睡在碧绿的草地上，身旁长着不知名的花，花的底下斗着双双的蟋蟀；我便在它们的旁边用粗的石块叠成玲珑的小堆，引诱它们钻进这石堆里，我可以随时来听它们的鸣斗，永远不会跑开……

我爱蟋蟀，我把它养在瓦盘里，盘里放了在溪中洗净了的清沙，复在其中移植了有芥子园画意的细小的草，草的旁边放了两三洁白的石块，这是我的庭园了。我满足于自己手创的天地，所谓壶底洞天便是这般的园地更幻想化的罢了，我曾有时这样想。我在沙中用手指掏了一个小洞，在洞口放了两颗白米，一茎豆芽；白米给它当作干粮，豆芽给它做润喉的果品。我希望这小小的庭园会比石滩上更舒适，不致使它想要逃开。

在蒙蒙的雨天，我拿了这瓦盘到露天底下去承受这微丝般的烟雨，因为我没有看到露水是怎样落下来的，所以设想这便是它所喜爱的露了。当我看到乌碧的有美丽的皱纹的鞘翅上蒙着细微的雾粒，微微开翕着欲鸣不鸣似的，伴着一进一退地颤抖着三对细肢，我也感到微雨的凉意，想来抖动我的身躯了。有时很久不下细雨，我便用喷衣服的水筒把水喷在蟋蟀的身上。

听说蟋蟀至久活不过白露。邻居的哥儿告诉我说。

“为什么呢?”

“那是因为太冷。”

“只是因为太凉么?”

“怕它的寿命只有这几天日子罢。”

于是我翻开面子撕烂了的旧的黄历本，去找白露的一天，几时几刻交节。我屈指计算着我的蟋蟀还可以多活几天，不能盼望它不死，只盼望它是最后死的一个。我希望我能够延长这小动物的生命。

早秋初凉的日子，我便用棉花层层围裹着这瓦盘，沙中的草因不见天日枯黄了，我便换上了绿苔。又把米换了米仁。本来我想把它放在温暖的灶间里，转想这是不妥的，所以便只好这样了。

我天天察看这小虫的生活。我时常见它头埋在洞里，屁股朝外。是避寒么，是畏光么？我便把这洞掏得更深一些。又在附近挖了一个较浅的洞。

有一天它吃了自己的触须，又有一次啮断自己的一只大腿，这真使我惊异了。

“能有一年不死的蟋蟀么?”我不止一次地问我的母亲。

“西风起时便禁受不住了。”

“设若不吹到西风也可以么?”

“那是可怜的秋虫啊！你着了蟋蟀的迷么？下次不给你玩了。”

我屈指在计算着白露的日期。终于在白露的前五天这可怜的虫便死了。天气并不很冷，只在早晨须得换上夹衣，白昼是热的。园子里的玉蜀黍，已经黄熟了。

我用一只火柴盒子装了这死了的虫的肢体，在园子的一角，一株芙蓉花脚下挖了一个小洞，用瓦片砌成了小小的坟，把匣子放进去，掩上了一把土，复在一张树叶上放了三粒白米和一根豆芽，暗暗地祭奠了一番。心里盼望着夜间会有黑衣的哥儿来人梦，说是在地下也平安的罢。

“你今天脸色不好。着了凉么！孩子?”

母亲这样地说。

八哥（故乡杂记之四）

回乡去的时候风闻镇上有一只能言的八哥，街头巷尾都谈着这通灵似的动物了。

因此引了我好奇之念，想见识见识这有教养的鸟。幼时我听到八哥的故事，说有人养了一只能言的八哥，像儿子般的疼爱着，后来，被一个有钱的商人买了去，八哥思念故主，不食而死。

这是似信非信的故事。

但是我始终不曾见过说话的鸟，就是鹦鹉也不曾见过。我不解鸟类学人说话的能不能辨出齿音、唇音、鼻音、喉音、舌音，何以书上从未提起！

当我约了两三个淘伴去看这八哥时，已经有许多人在那儿了。蓄这鸟的是儿时的同学。现在他已完全变作两人，他整天伴着八哥。八哥学着他的话，他也学着八哥的话。

八哥关在笼子里，笼子的一半罩着青布。很多人的眼光望着它，它毫无慌张之色，自在地剔剔羽毛，啄杯子里的黍米，喝一口水。

我们几个人进去的时候，八哥便提起嗓子叫：

“喀哩喀哩。”

主人替它翻译道：

“客来客来。”

不一会又抖着翅膀叫：

“叽喳叽喳。”

又承主人达意：

“请坐请坐。”

大家都露喜色，赞美这八哥。

我和朋友出来。我心里想：“这是什么话！这可怜的断了舌头的含糊的官腔，不像八哥，又不像人！”

于是想到某一种人的聪明，善于曲解各种话。

于是又想到某一种人们的愚笨，便是异类说的含糊的话，也往往当作真的人说的话了。

溪

你说你是志在于山，而我则不忘情于水。山黛虽则是那么浑厚，淳朴，笨拙，呆然若愚地有仁者之风，而水则是更温柔，更明洁，更活泼，更有韵致，更妩媚可亲，是智者所喜的。我甚至于爱慕在水底的一颗颗圆洁的卵石，在静止的潭底里的往往长着毛茸茸的绿苔，在急湍的浅滩中则被水磨挲得仅剩一层黄褐色的皮衣，阳光透过深浅不一的水层，投射在磊磊不平的石面，反映出闪动的金黄色的光圈。一粒之石岂不能看出整座的山岳来吗？卵石与粒沙孰大？山岳与世界孰小？倘能参悟这无关闳旨的微义，将不会怪我故作惊人之语了。“给我一块石，便可以造出整个的山来”，也不过是一句老话的脱胎。

不知你有否打着赤足渡过一条汩汩小溪的经验？你的眼睛须

得望着前面的一个目标，一株柳树或是一个柴堆；假使你褰着衣裳呢，则两手便失却保持平衡的功用了；脚下的卵石又坚硬，又滑，走平路时落地的总是趾和踵，足心是娇养惯的，现在接触上这滑硬的石子，不好说痛，又不好说痒，自然而然便足趾拳曲拢来，想要缩回。眼光自动地离开前面的目标，移到滔滔流逝的水面，仿佛地在脚下奔驰，感到一阵晕眩。此时你刚走过小溪的一半，水淹没了半条腿的样子，挟着速度的水流从侧面一阵推荡，便会冷不防地被冲倒。等你站直身子来，已襦裳尽湿了。

我初次爱水有甚于山的时候，是在黄梅久雨后的晴天。雨丝帘幕似的挂在我的窗前有半个多月了，“这是夏眠呢。”我想。一天早晨靠东的窗格里透进旭红的阳光，霍地跳起身来，跑到隔溪的石滩上。松林的梢际笼着未散尽的烟霭，树脂的气息混合着百草的清香，尖短的柳叶上擎着夜来的雨珠，冰凉的石子摸得出有几分潮湿。一片声音引住了我，我仰头观看，啊！沿溪的一带岩岗，拍岸的“黄梅水”涨平了。延伸到水里的石级，上上下下都是捣衣的妇女。阳光底下白的衣被和白的水融成一片。韵律的砧声在近山回响着。“咚！”一只不可见的手拨动了我的一根心弦，于是我爱上这汤汤的小溪，“洋洋乎志在流水”了。我摹绘着假如这是在月光里，水色衣色和月色织成一片，不见捣衣的动作而只有万山齐应的砧声，“长安一片月，万户捣衣声”，那便未免有玉关哀怨之情，弥漫着离愁之境了。我宁愿看到晨曦里的浣妇，她们的身旁还玩着梳着总角髫的孩子，拿一根柴枝，在一片树叶上或一团乱草上使劲地捶，学着姊姊和妈妈们的动作。

我初次爱水有甚于山的时候，是在我游罢归来之后。自从泛迹彭蠡，五湖于我毫无介恋，故乡的山水乃如蛇啮于心萦回于我的记忆中了。我在别处所看到的大都是莽莽的平原，难得有一块出奇的山。湖沼是有的，那是如妇人在晓妆时被懒欠呵昙了的镜，或如净下一脸脂粉的盆中的水，暗蒙而厚腻的；河流也见得很多，每每是黄，或者发黑，边上浮着朱门里倾倒出来的鱼片肉片、菜片，如同酒徒呕出来的唾沫。我如怀恋母亲似的惦记起故乡的山水了。我披着四月的雾，沐着五月的雨，栉着八月的风，踏着腊月的霜，急急忙忙到这溪边来。倘使我做了大官回来，则挂冠之后，辟芜芟秽，葺舍书读于山涯水涯，岂不清高之至！而我往来只是一条穷身，所以冒清早背着手来望这一片捣衣了。

人每每有溯源穷流的爱好，这探索的德性我颇重视。你问这溪流源出自什么地方，这事我恰恰知道。我在很小的时候开始用“呜呼”起头做作文的时候便知道了。那是一位花白胡须的先生告诉我的。我以后也没有去翻考县志通志，所以我知道的只限于此。我讨厌别人背诵着县志里的典故和诗词，我也不看名人壁上的题句，我不愿浪费我的强记。你该以我回答你的问题为满足了。这溪流发源于鹧鸪山，用这多啼的鸟命山，是落人宋人风格的，则此山的命名肇于宋代可知。那也该在南迁之后。则我的祖先耕牧于这山水之间，已八百年于兹了。

你看这溪流曲折，在转角的岩壁之下汇成深潭。潭中有很大的鱼，一种有着粗的鳞、红的鳍、绿的眼、金黄的腹和青黑的背，是极活泼的鱼，我们叫作“将军”，在水中是无敌的，一出水立刻便死了，这颇合于英雄的本色。这潭里的鱼虽肥且多，可是不准捞捕，岩上不是镌着“放生”的大字么？垂钓是可以的。你有“猫儿耐心乌龟性”么？当然可以披上蓑衣，戴上箬笠，斜风细雨中，把两根钓竿同时放在水里。我也钓过的。那是阴雨迷蒙的天，打在身上的雨好像雾一样，整半天也不会潮湿。这样的雾雨落水便无声了，只把水面罩上一层轻烟，而水中的人影便隐约得好像在锈上了铜绿的被时代遗弃了的古铜镜里照见的面颜。说鱼儿是因为看不清钓者的脸，才大胆地浮上水面来游戏呢。这里我不想引物理学折光的原理来证明鱼在水中所能望及水岸上的可怜的狭小的视野。不是在谈钓鱼么，我钓鱼了。我带了几把米，罐里放了几条虫。我怕虫，还是央邻哥儿替我钩上去的。放钓了，在虫上啐了一口吐沫，抛了出去，“嗞……”在水面上撒上一把米，说“大鱼不来小鱼来啊”，便耐心等着，许久，不见动静，“嗞……”复撒上一把米，等着，等着，仍是一丝不见动静，邻哥儿却捞了半尺长的金鲤鱼了。“嗞……嗞……”我复撒上一把米，白的米在水中一摇一晃地沉下，我的浮标依然不见动静：我开始想这撒下白米是什么意思？这无齿的鱼！是听见“嗞……嗞……”的声音便疑是坠下什么东西来了前来觅食么，还是看到这白色耀眼的米来察看究竟是什么的出于好奇之感？看看衣袋里的米撒完了，我抓了一把沙，“嗞……嗞……”毫不吝惜地撒下去，过了半天，浮标动了，捞上来的是一寸长的鲫鱼。我笑了，我的半袋白米！我以后就简直灰心得懒得垂钓了。

你不看这溪岸么？山冈自远处迤逦而来，到这溪边成了断壁。壁下被流水冲空了的岩麓像是巨龙的口，像是饮水的巨龙。那向左蜿蜒起伏的便是龙尾。对，此地便名叫龙头。这头上有一块草木不生的岩皮。告诉你一个故事罢，这故事不载于府志，不载于县志，不载于“笔记”，不载于“志异”，而我恰恰知道。原来这片岩岗是活龙头。从前一位堪舆先生说这龙头是大吉祥之地，当时有人不信，他便说：“你去站在龙尾，我站在龙头大喝一声，龙尾便该拨动起来。”他们这样做了。堪舆先生站在龙头大喝一声，龙尾动了。于是站在龙尾的便派了一个孩子传语道：“龙尾动了”，而这孩子口齿不清传错了说：“龙不动了”，堪舆先生大怒，遂喝道：“畜生，该剥皮哪！”于是龙头上便成了一个疮疤，一年四季不生青草。

然而，看你的目光移上这溪边东西两端的两棵大树，让我把所知的再告诉你罢。

既然是龙头，则龙头岂可无角。是哟！这溪东西两尽头的两株数合抱的大樟树，岂不是嵯峨的两只龙角。因为是龙的角，所以十数年前樟脑腾贵的时候幸未被商人采伐，制成樟脑运销到金元之邦。东端的树下我是熟识的。秋时鸦雀吞食樟子，果皮消化了，撒下一颗颗坚硬的乌黑的种子，亮晶晶地看来一点也不肮脏，我们是整衣袋装着，当作弹子用竹弓打着玩的。樟树朝南向溪的方向，挖了一个窟窿，这是无知的妇女所作的伤残。她们求樟神的保佑，要给她们中了花会——这是妇女们中间流行着的一种赌博——竟不惜向大树跪拜，磕头许愿说着了之后拿三牲福礼请它。结果是没有中。愤怨使她们迁怒于树身，便在树根近傍凿了一个窟洞，据说凿时还有血浆流出来哩。这树底下是我们爱玩的地方，这树阴覆着我的童年，愿它永远葱茏郁茂罢。至于西边长着另一株树的地方是一个幽僻的所在。那儿一带都是无主的荒坟。说时常有男女到那里去幽会，那想怕不是真的。直到现在我还不曾细细去踏一遍。我仅遥望着树下双双的池塘，被蓼莪和菖蒲湮塞。夏初布谷从乱草中吐出啼声来。

让我们的幻想不要窜进那阴暗的坟窝，让我们记忆的眼睛落在昼夜不息地渲潺着的小溪的岸上。浣衣妇一一携着衣篮归去了，把白的衣被无秩序地铺晒在岩上、石上、草上，令远处望来的人会疑是偃卧着的群羊，恍如闹市初散，溪边留下一片寂寞。屋背的炊烟从黑烟变成白烟了，那是早饭要熟的时节。我颇不想离开这可爱的小溪。想到会有一天仍将随着溪水东流而下，复回复到莽莽的平原去看看被懒欠呵昙了的妇人的妆镜和洗下油脂腻粉的脸水似的湖沼或到带着酒气和血腥的黄浊的河流边去过活时，不胜悲哀。

谶

曾有人惦记着远方的行客，痴情地凝望着天际的云霞。看它幻作为舟，为车，为骑，为舆，为桥梁，为栈道，为平原，为崇岭，为江河，为大海，为渡头，为关隘，为桃柳夹岸的御河，为辙迹纵横的古道，私心嘱咐着何处可以投宿，何处可以登游，何处不应久恋，何处宜于勾留，复指点着应如何迟行早宿，趋吉避凶……正神凝于幻境的想象的时候，忽然天际起了一片漆暗，黑云怒涌，为闪电，为雷霆，为风暴，为冰雹，为骤雨，为飓啸……思远者乃省记起了已有多久没有收到平安的吉报，安知他途上山高水低，舟车上下，安知他途中不会遭遇兵灾，匪祸，疾病，厄难，于是引为深忧，甚至悄然坠泪，揣测着这不祥的谶兆……

曾有守望着病了的孩子的姐姐，因为久病把大家都弄累了，于是决议由大家轮流值夜看护，而她是极愿长久陪侍这亲爱的弟弟的……夜是暗黑的，高热度的孩子发出不可解的呓语，紧闭着的窗户隔断外来的一切的声音，室内只有一颗暗黄的灯光和两个生命的呼吸，姐姐阖上眼睛仿佛要睡着了，猛然抬起头来看见梁上挂下一个蜘蛛，它把细丝粘在梁上，自己却缓缓地坠下来。黄色的灯光映着这细丝，现成金黄色。姐姐恍若悟到维系住这小虫的竟然是这样脆弱的微丝，这里隐喻着身边的孩子的艰难的呼吸。“倘使断了呢?”她为着这蜘蛛担心了，于是暗暗占卜道：“蜘蛛啊！假如你再能从你细丝回到梁上去，则我的弟弟便有救了，否则……”她不忍想了。蜘蛛往下坠着，又挣扎着沿着细丝往上去，又下坠了，将及地时又挣扎着上去，又坠下来，又上去……一霎间，丝断了！“啊呀!”这姐姐的惊叫惊醒了一家人，而她不能把她的谶语告诉旁人……

唉！自来一虫，一物，一言一语往往便成谶，你听我说完我的故事吧。我有一位姐姐，她花了很多的工夫绣花在她自己的一双鞋上面。这鞋做得很端整，很美丽，很结实，她自己看了很高兴。一位邻人称赞她说：“多美丽的鞋啊!”她无心地轻轻地叹了一声道：“不知我穿不穿得破这双鞋呢?”说了之后自知失口，忧郁地回到房中去了。于是在一天，当她还没有穿上新鞋的一天，她早起坐在镜前理她的鬓发，她觉得十分疲倦无力了，在早晨就疲倦得这样！她对镜端详了好久，悄然复回睡到床上，这样，便一声不响地永远地睡着了，没有留下一句告别的话……过后别人把她亲制的鞋子交给我，并告诉我这句话，我心里便想：“所以说话总要留心啊!”

因此我怕看那迷幻莫测的人们的眼泪的晶球。我怕信口开河的 fortune teller 的唇边的恶语有时竟会幻成事实。我再也不敢像从前一样地在卖卜的摊前戏谑地随意掷下几个铜子，当他问我何事求卜的时候，思索了一回才回答道："我问一位远地的哥哥的平安。"因为我爱我的哥哥。我也怕听在我的头顶上从寒空里投下一串乌鸦的"哇"声。我怕听见丧夫的邻妇朝暮的啼哭。我欢喜看新年时在破旧黝黑的门窗上贴大红的楹联，我赞美满街的爆竹和空气里硝磺的气味。我也预备了红红绿绿的希望和吉祥的祝福，来分赠给比我年幼的和比我年长的人，愿他们幸福。

让"谶"成于既往，愿来日平安吧。

苦吟

不晓得在什么时候，一桩事情扰乱了我。好像平静的渊面掠过行风，我的灵魂震颤得未能休止。大概是那天读报，一位善感的词人说“人间皆可哀!”乃怆然若有所感，陷入了无谓的思索里。我原不喜爱这种语句，我想立即摒除为这句话所引起的念头，却不料它已潜入了我脑筋的褶皱，像一粒尘芥落入眼睑，怎样搓揉也剔除不去。我想到了老蚌的故智，当一粒细沙嵌进它的壳里，柔嫩的肌肉受不住折磨，便分泌些粘液把它层层裹紧，索性让它成为一颗明珠；则我也吐些泡沫之类润它一润吧，我坐下来，靠在案前，笔蘸着墨出呆了。

顾我的笔底殊无可申诉，我思想的茧子找不出端绪可以抽缫。一团黑雾笼罩住我，把我的周围染成一片模糊，令我苦于寻索了。我将怎样写说我的怅触？是有所失抑有所待？假若我有华美的当年，豪奢的往日，我将哀悼失去的荣华如同失去一盒无价的珠宝或如一袭金紫的锦袍；而我不曾有过那些。究竟什么使我杌陧不安呢？我只能引譬河干流水，喻取那默默的奔劳。便毋庸细说吧。

一个被遗忘的古梦移到我的面前：梦中一巨人，头是金的，胸和腹是铜和锡的，腿是泥的。从前，为了一句 for lofty aims 好听的甜言，凡事我都仰头观看，我望见这巨人金光灿烂的脸，那是美丽的、辉煌的、平和、快乐，这金光显示着被期待的希望。我微笑着，以为这是看管乐园的金甲神呢，我私心向这幸福的门的掌钥者祷祝，希望他为我开启这云霓的门，好让我望望这门里藏着什么东西，虽则我并不想进去，用我肮脏的手脚拈损美丽的花草，我只想窥探窥探，回头好告诉别人这是怎样的一个地方……我守候了好久，不见门开，蓦地头上一声鸷鸟的怪叫怔住了我，一堆鸟粪落在光辉的金顶上，我定神细看，这神的胸部和腹部乃是铜和锡的。我迷惑，以后逢人便问这做怎样解释？一位读书人指点了我，说这是古书上写着在，并且告诉腿是泥的。

说是为这金神悲哀么？啊，我懊悔闲暇中假我多思索，我灵魂乃真的憔悴了。为了恢复它的健康，我计划着一个旅行，心想漠地的风沙或予它以砥砺。不幸昨天我郊游失足，一跤跌在泥土上，归后梦中恍如被搬走了几千里，七昼夜火车归不得。何人策石把我的过去送得那么辽远，令我续不拢这段空阔。因之我又憎恨距离，迟未成行了。

颇想唱一阕春的短章：枝头的融雪丁东地滴入静睡的碧潭，惊醒了潜藏的鳞族，大自然运杵捣和五色的浆，东抹西涂地乱洒在百花上，燕蝶忙于访问了。幻想中比牙琴上乱草丛生，绿苔胶满几案，这正是节候，歌人将因快乐而入神了。但是你看我啊，只因一时不慎打伤了手腕，愈后是那般无力敲打那键盘。眼看锈锁的琴盒，因之竟想把它毁碎呢。唉，完了完了，且看我这番辍食苦吟，只是招受讥笑罢了。

黑夜

黑夜，少女发出无谓的微嘘。孩子梦见天上的星星跌在饭碗里。盖世的英雄，也将为无关紧要的歌声而泪下如雨。

黑夜惯将正正经经的事情当作玩笑，而将玩笑的事情当作正经。

昏天黑地的酒徒博棍却根本藐视黑夜。在灯红酒绿的筵前酡颜承笑的歌妓，她们虽则在孟门的膝前转来转去，但也忘不了黑夜的恩慈，在顾客不见的时候很巧妙地用双袖掩住她们的呵欠。

黑夜将人们感觉的灵敏度增强。黑夜的空气，正如 radio 的扩音器，将一切细微的声音，细微的感觉，扩大至数倍，十数倍。爱人的发丝好像是森林，里面永远是和煦阴翳。鼠儿跑过的声音，会疑是小鹿。

黑夜，是自然的大帷幕，笼罩了过去，笼罩了未来，只教我们怀着无限的希望从心灵一点的光辉中开始进取。

一九三三年八月

海星

孩子手中捧着一个贝壳，一心要摘取满贝的星星，一半给他亲爱的哥哥，一半给他慈蔼的母亲。

他看见星星在对面的小丘上，便兴高采烈地跑到小丘的高顶。

原来星星不在这儿，还要跑路一程。

于是孩子又跑到另一山巅，星星又好像近在海边。

孩子爱他的哥哥，爱他的母亲，他一心要摘取满贝的星星，献给他的哥哥，献给他的母亲。

海边的风有点峭冷。海的外面无路可以追寻。孩子捧着空的贝壳，眼泪点点滴人海中。

第二天，人们发现了手中捧着贝壳的孩子的冰冷的身体。

第二夜，人们看见海中无数的星星。

一九三三年八月

桥

月下，这白玉般的石桥。

描画在空中的，直的线，匀净的弧，平行的瓦棱，对称的庑廊走柱，这古典的和谐。

清池里，鱼儿跳了起来，它也热得出汗么？

远处，管弦的声音，但当随着夜晚的凉飘落到这广大的庭院中来时，已是落地无声了。

是谁，托着颐在想呢。

夏夜

夜半，兀自拖鞋的声音。

沉睡的孩子翻着身。在他无邪的梦里，也许看见背上长了芒刺吧。

大自然板起嘴脸俯视下界，没有一点声息，没有一丝笑容。半透明的白云渗下乳色的光，像死人足前微弱的灯光映在白色的丧幕上，冷寂，死静。

虽则有拖鞋的声音，各人的心中像压着沉重的石屏，额际有颗颗的汗吧，但有谁听见汗珠落地的声音。

一切都期待着自然的颜色。

一切，只有拖鞋的声音。

元宵

今夜元宵。据说出门走百步，得大吉祥。说是天上的仙子今晚也要化身下凡，遇见穷苦而善良的人们随缘赐福。所以也不能说乱话。

我，妻，孩子，三人提着灯笼上街去。

这样三人行，在别人看来还是初次。在古旧的乡间，是泥守着男子不屑陪女人玩的风习的。

“弟，这元宵于你生疏了吧。”

“是的，多年不来这镇上了，多年。”

“今晚……”

“可喜的元宵。”

“今晚……”

“快乐的元宵。”

“不，……我说，今晚……”

“难得的元宵。”

“今晚……我为弟弟祈福。”

“啊！愿你多福！”

“愿孩子多福！”

我们无语。孩子也不再噜苏。在明洁的瞳睛中，映着许多细影：红纱灯，绿珠灯，明角灯，玻璃灯，宫灯，纸灯……脸上满浮着喜悦。

去街何止百步。

回来，妻开了大门。

“做什么？”

仅有微笑的回答。

外面，锣鼓的声音，闯进僻静的巷来。随着大群的孩子的嬉笑。

出乎我不意的跳狮的进来。纸炮，鼓钹，云板……早寐的鸡群全都惊醒了，咯咯地叫起来。

拳术，刀剑，棍棒，但是孩子所待望着的是红红绿绿的狮子。

处于深山中的雄狮，漫游，觅食，遇饵，辨疑，吞食，被絷，于是奔腾，咆哮，愤怒，挣扎，终于被人屈服，驾驭，牵去。这是我们的祖先来这山间筚路蓝缕创设基业征服自然的象征，在每一个新年来示给我们终年辛苦的农民，叫我们记起人类的伟大，叫我们奋发自强。这也更成了孩子们最得意的喜剧。

家人捧上沉重的敬仪。中间还有一番推让。他们去后，庭中剩下一片冷静。堂上的红烛辉煌地燃着，照明屋子里的每一个方角。地上满是爆竹的纸屑，空气中弥漫着硫黄的气味。

屋顶，一轮明月在窥着。

孩子不曾入睡。随着我的视线，咿哑地说："月亮婆婆啊！"

鼓钹的声音去远了，隐约。我阖上大门，向着妻说：

"谢谢你。"

"愿你多福。"

"啊！愿你多福。"

"愿孩子多福。"

我开始觉得我不是不幸福的。诚然我是天眷独厚，数年来将幸福毫不关心地弃去了。当妻回到灶边预备元宵吃的一种叫作"胡辣羹"的羹汤时，我跑进房里，我顺手翻开我模糊地记着的一首华兹华斯的诗：

……

O，My Beloved！I have done thee wrong，
Conscious of blessedness，but，when it sprung，
Even too heedless，as I now perceive：
Morn into noon did pass，noon into eve，
And the old day was welcome as the young，
As welcome，and as beautiful in sooth
More beautiful，as being a thing more holy；
Thanks thy virtues，to the eternal youth
Of all thy goodness，never melancholy；
To thy large heart and humble mind，that cast
Into one vision，future，present，past.
……

啊！爱的，我对你多多辜负，

自知天眷独厚，
但幸福来时辄又糊涂，
恰至今时省悟。
自午至暮，自晨至午，
旧日一如新时可喜，可喜，
一如新时美丽，更美丽，神圣的福祐。
多谢你的淑德，
长春的仁惠，永无忧沮；
多谢你的厚道，虚怀若谷，
尽过去现在未来，冶就一炉。

懊悔的眼泪涌自我的心底。我深怨自己的菲薄而怀诗人的忠厚。

贝舟

我正和一个朋友谈起“槎”的问题。我说“槎”是一只独木舟，没有头，没有尾，没有桅，没有舵，不消说是没有篷，没有帆，没有锚，没有缆。正如古老的山林中因不胜年代之久远而折倒了的枯木。这枯木玲珑剔透，中央空的，恰容一两个人的座位，后边有一块稍平的地方，恰容载一两坛酒；前面还有翘起的一根树枝，枝上挂着一枚枯叶，有如风信的旗子，可以看到风的方向。这槎不假人力，不假风力，便浮着浮着到银河的边畔，到日月的近旁，到那里有许多织机的女子，有人牵牛渡河的地方。所谓“斗牛星畔盼浮槎”，便是这样的槎了。

但是我的朋友的意见完全不同。他说槎是艨艟的巨舰，舰身是珊瑚的，帆桅是银的，舵是金的，绳缆是贝珠穿就的，楼阁是玳瑁的，船上的一钉，一钩，一巨，一细，都是玛瑙的，翠玉的，蓝宝石的，猫儿眼石的，这船在八月中秋之夜，从银河边载着管弦乐队，轻衫软袖的仙姬，载歌载舞地浮到人间来，停泊在近海的港口上，有缘分的人便会得到他们的招待，把你带到鹊桥的旁边，广寒宫的里面，于是你便会忘记了人间，不愿回来告诉别人是怎样的一回事，所以槎的形状大小便因此失传了。

我虽则反对这番话，但无法难倒他。因为我的模拟也不过在一把纸扇上的图画中看来的，除此并无根据。

正说间，我们的耳际觉得有漉漉的风声，淙淙的水声，满天的星斗向我们移近，白云在我们的身边擦过，那是如冰冷的天鹅绒般的。啊，我们恰是乘着我们刚才所描拟的木槎一沉一浮地漂到海外来了。

“啊，那是如何得了！我们没有储带干粮，也没有携酒，怎样抵挡得这天风的寒冷！况且没有和我们的家人告别，他们不知怎样地着急呢！”

想着，槎便在一块岩石底下搁住。我们上岸来，槎便消失了。

我怅然懵然，悔不该起了凡心，轻易说这样的话，现在给我们点破了仙槎，教我们撇在这孤零的岛上怎样回得去！四面是汪洋的大海，这小岛上没有人家。只是像一只青苍的螺黛，浮漾在这绿水中间。

我乃细谛这绿水，又不禁使我大大地惊奇了。这是嫩黄的绿色，像早春杨柳初茁的嫩芽般的嫩绿色，微波粼粼，好像不是水，而像是酒；好像不是酒，而像是比酒更轻的液体。我看到过蓝的海，黑的海，红的海，黄的海，却从不曾看到这样嫩绿色的海，诚然天下之大，像某处火山旁边的两个大湖，中间只隔了薄薄的堤岸似的岩层，但是一边是深红色的湖水，另一边是深绿的。则这嫩绿的海水，只不过是我不曾见到过的海水之一罢了。

我向海里啐了一口吐沫，奇怪，这吐沫不凝结也不消散，如在别的水面一样，而是咕嘟嘟一直沉下去了。我惊讶，我纳罕。我抓下了一茎头发，抛到海里，只见它也咕嘟嘟地一直往下沉。这是三千弱水啊，我想到。我们是到了海外来了。

在这海之外，天之外，银河之外。我们将如何是好！这是蓬莱么？我在脑中翻检我的古书的知识了。但所记得的殊有限，我想不出什么应急的办法。只有悔自己不该冒失地起了不恭之念，而有求于仙人的帮助了。

“给你一个贝，回去。”

耳边一个声音。一枚贝壳坠在我的面前。

这是多么小的贝壳，教我用这小小的贝壳来掬干这海水么，那是怎么成？就算可以；这些水将倾倒到哪里去？不曾告诉我尾闾在什么地方，如何泄得这汪洋的海水？

于是我检视这枚贝壳。虽小，是十分精致的。凡是大贝壳上所有的花纹，这上面完全有。全体是竹叶形的，略微短一点。壳内是银白色的珍珠层，绲上一圈淡绿。缘口上有纤细的黄边。近较圆的一端处有两点银灰色的小点。铰合上有两三条的突齿，背面是淡黄的，从壳顶的尖端出发，像纸扇骨子似的向边缘伸出辐状的棱，和这棱垂直的有环形的几乎难辨的浅刻。壳顶有一点磨损，是被潮和汐，风和雨，还是在沙上擦损的呢，可不知道。

我细视这小贝，我不解是如何使用。我顺手把它抛进海里，蓦然地竟成了奇迹！这小贝成了一只贝舟，在这弱水上不会沉没。里面容得我和我的朋友。我于是赞美这贝舟的给予者，心中有不可言喻的喜悦。我们下了这白玉般的扁舟，就用手掌划着海水向东方浮去。沿途不见飞鸟，也没有花粉吹来。我俯瞰这弱水的渊底，方悉在表面是油般的平滑，而深底里是急转的旋涡。倘使没有这贝舟，那真不堪设想。

我们到了长满花草的涯岸；这应该是地上了。虽则离家乡还不知多少遥远。我们将贝舟翻转身来，做我们的临时的篷帐。像蜗牛蜷在壳里，我们觉得异常的舒适。在贝舟底下望着银河畔的星星，听露珠凝集在寒冷的贝上像檐溜般的从贝壳的棱沟里点点滴滴地落下来，我们在这里过上一夜，便可回去了。

“喂，累了么？刚才参观的海产馆有趣么？”耳畔熟悉的哥的声音。

我跳了起来，拉住他的手。

“给我一个贝，像你所指给我看的竹叶大小的，里面有一圈淡绿的，有银灰色的小点的，背上有棱沟的。”

听了我这所答非所问的话，他挟了那里面充满了噜苏的拉丁名的厚册到海产馆去了，让我手足摆成一个大字地躺在那里好久。

麦场

不知道粒麦的辛苦，孩子，你把麦散了一地呢。

祖父在忙着，祖母在忙着，父亲在忙着，母亲在忙着，孩子，你也在忙着。你便是忙于从麦里拣出“麦豆”来，灰色的，花斑的，棕黑的。拿到母亲的面前，拿到我的面前，拿到祖父的面前，拿到祖母的面前。这样绊住了我们的手脚，而复把麦子散在地上。

不是在叱着么？“别把这围净的麦撒在地上。”

别不安，孩子。都是为了你，大家才把这累人的麦打下，簸扬，筛净，晒干。

但是现在你必得离开这麦场。

来这园中的一角，你不欢喜么？这里有黄的小鸡，黑的小鸡，白的小鸡。摘几根“小鸡草”来，我教你如何将细小的草粒放在手窝里给它们啄食。

它们都闲散地玩着。孩子，你也要和小鸡一样地闲散地玩着。不，暂时我陪你玩着。

地上的草真多，这是荠菜，这是菁，这是蛤蟆衣，孩子，别尽问，便是我，也认识不了这许多。

唏！你找了豌豆来么？让我替你把豆荚作舟，嫩绿的豆便成了乘客和舟子，小洼的浅水便是大海，而我的吹息便成了风暴，让它在无尽的海中漂浮，于是便有了风涛的故事。

让你剪取软嫩的麦梗而我替你作篮；提了这篮便可以入山采药。采了凤尾草和野莓子归来，我便将凤尾草替你作冠而莓子给你作食。

吹起麦叫来么？唱呵，孩子，唱：

大麦黄黄，
小麦黄黄……啊！

不连续，不清楚，也不成腔，唱个熟悉的歌儿罢。

燕啊燕，
飞过天……

采了麦乌回来，弄脏了手和脸了。早晨你脸都没有洗呢。我岂不是也欢喜整洁的衣服和洁白的手脸，但是只好任你这样。因为妈妈没有工夫而我不屑。

一九三六年五月二十三日

光

为了探求光和热的本质，我独自乘了一个小小的气球，向光的方向飞去。

这气球不大，不小，恰容我一个人；不轻，不重，恰载我一个人。飞得愈高，空气的浮力愈减，地心的引力也愈少，我可以永远保持着恒等的速度上升。只要我身子一蹲，就往下沉，一耸身，便往上升，我便得随我的意在这天地之间浮戏了。

我向着光的方向浮去。耳畔只听见气球擦过云块嗤嗤的声音，“这是太虚的遨游了。”我想。

于是我想起了一个叫作 Liliom 的自杀的青年的灵魂。被神召去受裁判，乘着闪电般的机车穿过灿烂的云霞，凭着窗口望着足下的白云，和怅望难返的家，胸口还插着一把自杀的小刀。为了忏悔他的自杀的罪恶，他被罚在炼狱的烈火中熬了几年……最后恳得神的准许，一次重回地上的家去望一望旧时光的妻女。女孩子已不认得这位生客，拒绝他走进室内，他便恼怒地批了她的颊走了……

我正在想着这些故事，我不知不觉地已经穿过了云，腾上尘烟不染的境界。失去了云的围护，我觉得透骨地寒冷起来。

“咦！哪里有愈近热而愈觉得寒冷？”

头上是一片蓝钢般的天。蓝钢般的蓝，蓝钢般的有弹性，蓝钢般的锋利，蓝钢般的冰冷。大小的星星，从这蓝钢的小洞洞漏出来，眨着梦般的眼睛。长空是一片暗黑，好像落人一个矿坑中，高不见顶，深不见底，四周不见边缘。

“咦！哪有愈近光而愈见暗黑？”

我迷惑了。

我仍继续上升。但是愈高愈见得漆黑，伸手不见五指的漆黑。只有陨石像树枝般的在我的身边流逝，发出轻微的哔剥的爆炸的声音。

“寻找光，乃得到黑暗了。”

我悲哀起来。

于是我悔此一行。从心中吐出一声怨怼，恍如一缕的黑雾，没人这漆暗的长空。

耳边，仿佛传来什么人的轻语。

“你寻找光，乃得到光了。回去察看你的棕黑的皮肤和丰秀的毛发。光已经落在你的身上，光已经疗愈你的贫血症了。”

“没有反射的物质，从何辨别光的存在，你也昧于这浅显的意义吗？你将为光做证，凭你的棕黑的皮肤和丰秀的毛发做证，并且说凡爱光者都将得光。”

恍如得仙人的指示，悲哀涣然若消。我身子一蹲，气球便缓缓地降下来。我回到美丽的大地，我凭着我的棕黑的皮肤指证说我曾更密近地见过光。并且说凡爱光者都将得光。

一九三六年四月

榕树

榕树伯伯是上了年纪了，他的下颊满长着胡须。

在他年轻的时候，轩昂地挺着胸，伸着肢臂，满有摘取天上的星星的气概。现在是老了，佝偻了。他的胡子长到地，他的面颜也皱了，但是愈觉和蔼慈祥。

孩子很唐突地攀住他的胡须，问：

“榕树伯伯，你有多少年纪了？”

榕树伯伯微笑着，摇摇头。

“你年纪太大了。记不清有多少年代吧！”

“榕树伯伯，你年纪很大，古往今来的见闻定然很多，请你告诉我，什么地方有美丽的花园？在什么地方，狮子和驯鹿是在一起游戏？”

微风卷起榕树伯伯的长须，仿佛若有所语，若无所语。

“榕树伯伯，请你告诉我，在什么时候，什么地方，人们可以随处找野生的蜂蜜，人们彼此都说着共通的榕树语言？”

榕树伯伯似有所思，似有所悟。野蜂在盘旋，怕是刺取难告人的秘密吧。

孩子病了，梦中他说是要和狮鹿同游，要吃野生蜂蜜，要人们都了解他的语言。

远地的哥哥跑来，搂住病弱的孩子，吻着他的脸，柔声地说：

“弟弟，我和你同游，请从我的唇边吮取甜的蜂蜜，我将了解你的语言，人们也将了解我们的语言。”

麻雀

小麻雀燕居屋檐底下，在旁有慈爱的母亲。窝中干燥而温暖。他日常所吃的，有金黄的谷粒，棕红的小麦，肥白的虫和青绿的菜叶。

然而终于烦腻起来。遗传的轻薄、佻达、躁急喜功的毒素，在他的血液中回转，好像被压缩的弹簧，他感到力的拳曲，生命的发酵，他想奋首疾飞，即使像鹰隼那样的猛健，他似乎也不难和它搏击。

他从檐底下望见半圆的天，望见葱郁的林木，望见映在池塘里闪烁的阳光，于是他幻想在高远的蓝天中飞鸣的快乐，想到如何到水边梳剔他的毛羽，如何在阳光底下展开他的翅膀，让太阳一直晒到他的胸际。他幻想自由，光明，他主意渐渐坚决起来。

一夜，他听见屋瓦摇摇欲坠的飒飒的声音。

“这是什么？”他问。

“风，会吹得你浑身乏力的。”母亲的回答。

“我喜欢风，我蜷伏得腻了。”

一夜，他听见淅淅沥沥欲断还续的声音。

“这是什么？”

“雨，会淋湿你的羽毛，使你周身沉重的。”

“我喜欢雨，这里永远的干燥使我腻了。”

一个早晨，他从半圆的檐缝中望见白色的原野和弥漫天空的毛片。

“这是什么？”

“雪，会冻得你发僵。并且最可怕的，是掩住了一切的丘陵、原野、田地，使我们找不到金黄的谷粒、红棕的麦、肥的虫和绿的菜叶。”

“我喜欢雪。这里永久的温和使我腻了。”

轻佻的、好大喜言的、不自量力的遗传的毒素，在他的血液中回流着。还有一种神秘的力推动着他，他要追求伴侣，恋爱，虚荣。

终于在母雀的泪中，飞出檐下来了。

外间有许多的朋友，鸫鹕、竹鸡、知更雀。

他们都向新来的贵宾问讯，致了不少的殷勤。他们立时成了知心的朋友。

他们于是交换了许多意见。关于某鸟类幸福的意见，他们都是为了别鸟的幸福而生活的，都是年轻，热情，激昂，迈进，说着服务，牺牲……麻雀把这意见都接受了。

于是不久他便熟悉了这许多的名词。他很快地取得他们的信仰。他会飞，会跳，会唱，会谈天，会批评，会发表意见，他自诩出身是布尔乔亚，但来的是为求大众的利益，鸟类的利益，他自己抛弃了温暖的窝，香美的食，来受寒受苦，是为了大众的利益。

他是为了大众而生活的了。

大家都信以为真的。

侣伴中他暗暗爱上了鹧鸪，她是纤巧可爱的。他向她表示爱，他向她夸张，说出自己的身份，说是他抛弃了美的窝，香美的食，来受寒受苦，都是为想要占有她。他愿意为她牺牲，只要能予他以生命的烈火。

鹧鸪信以为真，便允许了。

不久他又结识了黄雀，她是更活泼而美。于是他又把前番的话，向黄雀重说一番。

黄雀也信以为真，便允许了。

他是为了大众，又为了爱而生活的了。

天是有晴晦的。

一天，起风了。他于是觉得翅膀的无力。即使站在两足上，也摇摇不定，无力支持了。同时没有吃黄色的谷粒，棕红的麦，肥白的虫，身躯是消瘦了。

一天，下雨了。他于是初次感到羽毛的沉重，简直寸步难移了。遗传的畏缩，葸怯，在他的血液中回转着，他想起了家。那儿有他的母亲等着，那儿有干燥的窝，黄的谷粒，肥的虫，但是他浑身沉重，饶饶不休的舌也冻住了。他望着可羡的屋檐，但是廊下与檐头的间隔，竟是弱水三千，非仙可渡了。

不等天气放晴，复飘下片片的白雪来。寒冷更加寒冷，雪花不能充饥，原野上满是白色的茵褥，遮住一切的麦粒，冰死肥白的虫，青的菜。

檐前与廊间的距离因茫茫的雪色更长了。

小雀的意识渐渐渺茫起来。虽则似在怀念着慈爱的母亲，温暖的窝，甘美的食物。此时即使他的母亲出来，也已迟了。

诗人从外套中伸出头来，看见小麻雀，瞥了一眼，回到桌上，写了一首不相干的诗：

三只小麻雀，
滚在麦田里。
叽哩复咕噜，
咕噜复叽哩；
举世无此欢，
喧声腾林际。

朝来飞且食，
午间食且飞；
胃小口偏大，
心贪食又余，
矢橛遍地洒，
罗布如星棋。

午际鸣且食，
午后食不鸣；
薄暮不鸣食，
喑哑不闻声；
嗉囊如斗大，
巨腹似鹈鹕。

次晨人过处，

怜此数小禽；
两锄半杯土，
一窟葬三生。
瘗罢携锄去，
秋稼将收成。

诗中的时令，地点，连麻雀的只数都不对，但是有人说诗作得很好，把它选在诗集中。这不是诗人的错误，因为一般的麻雀，都是胀死的，而这因为了大众的利益和爱的生活而冻饿死的，确是例外。

母鼠

正是稻熟粱黄的秋令，孜孜自喜的母鼠的心。

因为她已怀了可喜的孕。正如将要绽开的栗苞，她腹内的胎儿将随秋栗同时坠生；复如苞中的果实，她的胎儿将如栗儿一般的标致，齐整。

为了可喜的梦，她日夜都不能安枕。当她细心地捡起片片的红叶，叠成未来的产褥时，她喜不可支的心房几乎要爆破，即使极可诅咒的猫儿，她今番也忘了一切宿恨，而愿告诉她这番喜讯。

她的智慧使她知道她未来的幸福。

她的种族将在这地上繁衍，她的孩子将成为地面的主人，正如她自己一样多有机智、巧诈，对于光和暗的适应，她的孩子亦将一样的伶俐、敏捷，善于处境。

她毋须忧虑于给养的匮乏，巨大的仓库都是她的外库，广袤的田畴都是她的采邑。她毋须举手之劳，便可坐享其成。并且自古寄食者几曾见过饥馑？

看哪，地下的花生行将成熟，葡萄已在发酵，汤饼之筵已有人预备，只待她的喜讯。

看哪，林间积叶下初茁的蕈菌，和遍地散布的榛实，已经为嘉客们预备了珍馔，只待她的喜讯。

她是命定的安闲者，一切，都有人为她预备端整。

看哪，秋风将吹翻鷦鹩的窝，巢中的卵，恰是她的嗜物，而秋阳则适足以增加洞中的温暖。

看哪，秋水将涨满蛇的旧居，那是更可喜的，因为蛇是她的敌人。

她是命定的幸福者，别个的灾祸正是她的侥幸。

怀着这极有把握的骄矜，母鼠诚然有时未免忘形。但是谁也不能妒羡，因为这世上自有命运注定。况乎生存取巧的机智，原非一日养成。

竹刀

谁要是看惯了平畴万顷的田野，无穷尽地延伸着棋格子般的纵横阡陌，四周的地平线形成一个整齐的圆圈，只有疏疏的竹树在这圆周上划上一些缺刻，这地平的背后没有淡淡的远山，没有点点的帆影，这幅极单调极平凡的画面乃似出诸毫无构思的拙劣的画家的手笔，令远瞩者的眼光得不到休止，而感到微微的疲倦。

假如在这平野中有一座遮断视线的孤山，不，一片高冈，一撮小丘，这对于永久囿于地的平面上的人们是多么奋兴啊。方朝日初上或夕阳西坠，有巨大的山影横过田野，替没有陪衬没有光影的画面上添上一笔淡墨、一笔浓沉，多雾或微雨的天，山顶上浮起一缕白烟、一抹烟霭，间或有一道彩色的长虹，从地平尽处一脚跨到山后，于是这山便成了居民憧憬的景物。遂有平野的诗人，望见这山影移上短墙，风从门口吹进来，微有一丝凉意，哦然脱口高吟“天风入罗帏，山影排户闼”，意将古陋的旧门户喻作镶了兽的朱门，从朱门里隐隐窥见微风拂动的绣帘，而他自己成了高车骏马的公子，偶然去那里伫盼。一会儿门掩了，他才醒过来，原来只有一片山影；也有好事的名流，乘了短轿来这山脚底下，买了一杯黄酒，索笔题词道：“湖山第一峰”，遗钞而去，吩咐匠人鸠工勒石；这小山经过了许多品题，如受封禅，乃成为名山。附近的村庄亦改名为某山村。于是，在清明，在重九，远地和近地的，大家像蚂蚁上树般的跑上这小山，“登高”啊，“览胜”啊，把山上的青草踏得一株不留。

有从远僻的山乡来的人望见了这名胜的小山，便呵呵大笑道：“这也算是‘山’么？这，我们只叫作‘鸡头山’，因为只有鸡头大小，或者这因为山上长着很多野生的俗名叫作‘鸡头’的草实。说得体面点，便叫作‘馒头山’、‘纱帽山’、‘马鞍山’，这也算得‘山’么？”双手叉住腰笑弯到地。

好奇的听客便会从他夸张的口里听到他所见的是如何绵亘数百里的大山。摩天的高岭终年住宿着白云，深谷中连飞鸟都会惊坠！那是因为在清潭里照见了它自己的影。嶙峋的怪石像巨灵起卧。野桃自生，不然则出山来的涧水何来这落英的一片？倘使溯流穷源而上，说不定有石扉砉然为你开启呢。但是如果俗虑未清，中途想着妻母，那回首便会迷途了。

“我不欢喜这揣测的臆谈，谁能够相信这桃源的故事？”

于是他描说那跨悬在山腰间的羊肠路。那是只有两尺多宽，是细密的整齐的梯级。一边靠山，一边靠削壁千仞的深壑。望下去黑的，迷眩的，这深涧底下隐伏着为蛟，为龙，或其他神怪的水族，不得而知。总之万一踹了下去，则会跌得像一个烂柿子，有渣无骨头。但是居住山里的人挑了一二百斤的干柴，往来这山道，耳朵沿搁着一朵兰花、一朵山茶，百人中之一二会放上半截纸烟。他们挑着走着谈笑着，如履平地，如行坦途，有时还开个玩笑，在别人的腰边拧一把。

还有人攀缘下依附岩上的薜萝，腰间带了一把短刀，去采取名贵的山药，其中有一种叫作“吊兰”的，风从峡谷吹来，身子一荡一荡啊像个钟锤，在厚密的绿叶底下，有时吐出两条火红的蛇的细舌头，或蹿出一个灰褐色的蝎蜥……

听者忘了适才的责备，恍惚身临危岩，岩下是碧澄澄的潭水。仿佛脚下的小径在足底沉陷，他不敢俯凭，不敢仰视，一手搭住说故事的人的肩膀，如觅得一种扶持，一时找不出话由，道：

“你的家乡便在这深山里么?”

怎的不是。那是榛榛莽莽的山，林叶的荫翳，掩蔽了阳光，倘使在山径的转弯处不用斧头削去一片木皮做个记认，便会迷路。羊齿类高过你一身。绿藤缠绕在幼木上，如同蛇缠了幼儿。藤有右缠的左缠的，若是右缠的，则是百事无忧的征号，很容易找到路，碰到熟人，得好好儿受款待。迷路人倘若遇见左缠的藤，那是碰到鬼了，将寻不到要去的地方。但是你可以把它砍下，拿回家来，便会得了一根极神秘的驱邪的杖。

“关于山间神秘的话我听得许多。我知道妇人用左手打人会使人临到不幸的。则这左缠藤也正是这意义的扩张罢了。但是我想知道别的东西。”

故事又展开了。那是用“近山靠山，近水靠水”的老话开头。山民的取喻每嫌不恰切，故事中拉出枝枝节节来，有如一篇没有结构的文章。他最先说到山间头上簪花的少女，在日出的时候负了竹筐到松林里去扫夜间被山风摇落的松针，积满一筐了，用“篾耙”的柄穿着背了回来。沿途采些“鸡头”、“毛楂”和不知名的果实，一面在涧水洗净，一面嚼，倘有同伴在她的身旁投下一块小石，溅了她一脸的水，便会挨一顿着实的骂或揪扭起来；在雨天，她们躲在家里，把山里掘来的一种柴根，和水捣成浆，沉淀出略带红色的粉，那是比藕粉还细净的，或是把从棕榈树上剥下来的棕榈，一丝丝地抽出来，打成粗粗细细的绳线。

却说这山中少女，她在每天早晨携了竹筐到松林里去扫夜风摇落的松针，装满一筐便背了回来，沿途采些草实，在溪边洗洗手，一天也不曾间断。她有一天正背了满筐的松针回来的时候，觉得竹筐异常的沉重，便想道：是谁放了石块在里面么？暂时憩憩罢，便靠着竹筐坐下，却永久地坐在那儿了。山间人都说是因为她生得太美丽，被什么山灵或河伯娶去了，她的父母还替她预备了纸制的嫁装，焚化给她……

“这又是我听到过不止一遍的故事……我颇想知道别的东西。”

你不是轻视幻想的编织么？那么让我选一个实际的故事说给你，只可惜有一个悲惨的收场。你愿意知道山居的人是如何获得每天的粮食和日用品么？狩猎是不行的，鸟兽乐生，不可杀尽；农稼也不行的，高高低低梯级似的田垄，于他们很少兴趣，况且这团团簇簇的高山遮住了阳光，只在中午的时候才晒进来，他们虽则种些蕃薯、山芋、玉蜀黍、大麦和小麦，但是他们大都靠打柴锯木为生。他在高山上砍得松柯，搁在露天底下一个月两个月，待干黄的时候挑到附近数十里外的村镇，换取一把盐、几枚针、一些细纱布，有时带回一片鲞、一包白糖……

冬天，他们砍下合抱的大树，截成栋梁楹柱的尺寸，大概不会超过一丈六尺或一丈八尺，或则锯成七八分对开的木板，等到明春山洪暴发的时候，顺水流到港口，结成木筏，首尾衔接像一条长蛇，用竹篙撑着，撑到城市的近郊，售给木商运销外埠。

山势陡峻的所在，巨大的木材无法输运，那只好任它自己折断自己腐烂了。但是他们砍取寸许大小的坚木，放在泥土筑成的窑里烧成木炭，这样重量便减轻了四分之三，容易挑到外面来，木炭的销场是很好的。

“你说得又远了。没有指示给我故事的连索。”

是哟！事情便是这样：他们是靠打柴烧炭为生。但是你知道城市里的商人的阴恶和狠心么？他们想尽种种方法，把炭和木板的买价压低，卖价抬高。他们都成了巨富了，还要想出更好的方法，各行家联合起来，霸住板炭的行市。他们不买，让木筏和装炭的竹搁在水里，不准他们上岸，说销场坏了，除非你们完全让步。

但是谁都知道这鬼花样啊！

有的让步了。因为他们垫不起伙食费，有的呼号奔走了，但得不到公正的声援，因为吏警官厅都和他们连在一起。山民空着手在城里徜来徜去，望着橱窗里诱惑的东西，一袭夏季妇人穿的拷绸衣，红红绿绿的糖果，若能花了几个子儿带回去给孩子们，那他们多高兴啊。

并且他知道家里缺少一把盐、几升米，那是要用钱去换的。

他们忧郁了。口里也不哼短歌，妒忌地望着大腹便便的木行老板，竟想不出办法。

交易是自由的，不卖由你，不买由他，真是没有话说了。

这里由山村各户凑合成的木筏是系着许多家庭的幸福，纵然他们不致挨饿，他们的幸福的幻梦是被打碎了……

“我希望这木行老板有点良心，他们是够肥了。”

若将怜悯希望在他们的身上，抱那希望的人才是可悯的。可是事情的解决却非常简单，你愿意听我说下去罢。

一天，一位年青的人随着大家撑着木筏到城里去，正在禁止上岸的当儿。大家议论纷纷想不出主意。这位年青的人一声不响地在一只角落里用竹片削成一把尺来长的小刀，揣在怀里，跑上岸去，揪住一位大肚皮的木行老板，毫不费力地用竹刀刺进他的肚皮里，听说像刺豆腐一样的爽利，刺进去的时候一点也没有血溅出来，抽回来的时候，满手都是粘腻的了。他跑出城来，在溪边洗手的时候被警吏捉去。

“你说了可怕的故事了。我没有想到你会说出这样吓人的语句，在你说到松林中簪花的少女……那一片美丽和平……你驱走了刚才引起的高山流水的奇观，说桃花瓣从淙淙涧底流出来呢……我懊悔听这故事，但是请你说完。”

官厅在检验凶器的时候颇怀疑竹刀的能力。传犯人来问：

你是持这凶器杀人么？

是的。

这怎么成？

他拿了这竹刀，捏在右手里，伸出左臂，用力向臂上刺去。入肉有两寸深了，差一点不曾透过对面。复抽出这竹刀，掷在地上，鄙夷地望着臂上涔涔的血，说：

便是这样。

大家脸都发青了。当时便没有继续讯问。各木板行老板也似乎怵于竹刀的威力，自动派人和他们商订条件，见了他们也不如先前的骄傲。

厚钝的竹刀割断了这难解的结。“便是这样”的斩钉截铁的四个字胜于一切的控诉。你说这青年是笨货么？

“这位青年结果如何呢！”

听说刺断动脉后流血过多死了……否则，他将在暗黑肮脏的牢屋里过他壮健的一生。

秋

秋是精修的音乐师（Virtuoso），而是绘画的素手（Amaieur），一天我作了这样的发现。这平凡的发现于我成了一种小小的秘密。当时我想在地上挖个窟窿，把这秘密偷偷地告诉给它，心怕瑟瑟的衰柳是一个嘴巴不稳的虔婆，则我将成为可笑的人了，便始终不曾这样做。今夜，西风扑了一个满窗，听四野的秋声又起，遂忽然在脑际浮起了这被掩埋着的比喻，复喜你远道来望我的厚意，并且看你的衣衫上赍着一襟秋凉，未免有几分怀感，所以便谈起秋来了。

我爱秋，我爱音乐，也爱绘画。倘使你不嫌我这样的说法，不嫌我用这样无奇的笔调做故事的开头，让我告诉你一个拙于手和笔者的悲哀吧。在一个秋天——八年前的秋天——夜里。旋风在平地卷起尘沙，庭院的拐角堵风的所在——学校的庭院，那时我是一个不折不扣的学生哩——处处积着梧桐树和丹枫的广阔的黄地红斑的落叶，人走过时沙沙作响。这时候却没有殷勤的校役用粗笨的扫帚东一下西一下地把枯叶堆聚拢来，在庭院的空地上点起一把火，好像菩萨庙前的庭燎；或是用一根头端插着粗铁丝的竹棒逐枚地检拾着零散的叶子，放在腰边的一只竹篓里——这些，我总嫌是多事的——这是一个刮风的夜，一个萧索的夜，旦夕将死的秋虫的鸣声愈见微弱可哀了。我们是在学校的琴室里面，我们在教师的面前复习着半周来熟练着的指定的琴课。我们·共八九个人，有的练习着 Beyer 初级课本，有的使劲地敲着单调乏味的 Hanon 指法，有的弹到 Sonata in C. Major。我呢，正学习着一支 Sonatina，哪一支呢现在我记不得，总之那本厚厚的 Al－bum 中书页子的半数是给我揉得漆黑而角上也皱卷得不成样了。教师严格地指摘着每一个音符的指触和旋律的起承转合，时常用他的粗大的手指敲着每一个弹错了的音键，唤起你的注意。那天晚上我不知怎的总是注意到屋外的风声，似乎在担心着屋前瞿瞿叫着的秋虫的命运。直到一个同学在我的臂上拧了一下，我才知道是轮到我复习的时候了，望着严峻的教师，心中便有几分惴惴。第一节过后变调的地方便弄错了。“E flat，E fiat,”巨大的毛手掠过我的面前，粗的手指落在一个黑键上。我手法更乱了，脸红了起来。“Staccato，Staccato!”教师喊着说，我好像没有听见他的话，自顾自地胡乱弹了一通。终了的时候，教师皱着眉一声不响，在谱上批了“Repeat on Next Monday”几个红铅笔粗字。当时我就想：假如我有一支画笔，安知我不能描出这人间的歌曲，这万籁的声音，悲壮的，凄凉的，急骤的，幽静的，夏午静睡着的山谷里生物的嘘息，秋宵月光下烟般飘散着大自然的低吟，于是遂生了畏难之心。等到后来每逢听到珠般圆润的琴声而妒羡着如风般滑过黑白相错的键盘的手时，我是失去我的机会了。

于是复在另一个秋天——四年前的秋天，我已经在一个没落的古城中的一个学校里做一群孩子的导师了——我从城里乘车到离城三四十里外的分校去，是早晨，天色是蒙暗的，没太阳。空气中浮悬着被风刮起来的尘土，四周望去是黄褐色的一圈，头顶上是鼠灰色的大圆块。啊！我在溪岸望见一片芦花！在灰色的天空下摇摆着啊摇摆着！“多拙劣的设色！”我想。回来的时候我便在一张中国纸上涂了一层模拟天色的极淡极淡的花青，用淡墨和浓沈斜的纵的撇出长剑似的芦叶，赭黄的勾竖算是穗和梗，点点的白粉是代表一片芦花……水天相接的远处，三三两两地投下一些白点，并且还想在上边加上一笔山影……右角天空空白的地方我预备写上这样的两行诗句：

是西风错漏出半声轻叹，
秋葭一夜就愁白了头啦。

但是，啊！我笔底所撇的只是一堆乱草，毫无遒劲之致。而芦穗则是硬挺挺的像柄扫帚，更不消说有在西风里偃俯的样子。我生气了，我掷下笔，撕碎了纸，泼翻了花青，我感到一阵悲哀。我抱怨天赋我的这双笨拙的手。不然，生活便增添了多少的点缀呢！

但是幻想并不能消灭。昨晚，友人持来一枝芦花，插在我的花瓶里——这瓶里从来不曾插过什么花——说：“送你一个秋。”真的，当灯光把芦花的影放大映在壁上，现出幢幢的黑影来时，我感到四壁皆秋了。夜里，我梦见芦花摇落了一床，像童话中的公主，睡在厚厚的天鹅绒的茵褥上，我是睡在芦花的茵褥上，绵软而舒适，并且还闻着新刈的干草的香。我很满意，但是仍然辗转睡不着，似乎有一颗幻想的豆大的东西透过厚软的褥子，抵住我的脊心……

“那你是一位真正的皇子了……”

我又继续着晚秋的梦……这回我是到我所熟识的溪畔来了。仍是夜里，头上的天好像穿了许多小孔的蓝水晶的盖，漏下粒粒的小星，溪中显出的是蓝水晶的底，铺满了粒粒的小星，而我却在这底和盖的中间，好像嵌在水晶球里的人物。我疑心脚步重点便会把它蹴破了，所以我便静静地望着，静静地听，听啊，谁在吹起芦荻来了。

一枝小芦荻，
采自溪之滨，
溪水清且涟，
荻韵凄复清。
一枝小芦荻，
长自溪之滨。

吹起小芦荻，
能使百草惊，
宿鸟为我啼，
流水为我吟；
吹起小芦荻，
万籁齐和应。

深夜漫行者，
闻吾芦荻声，

若明又若暗，
或远又或近。
深夜漫行者，
随我荻声行。

一枝小芦荻，
采自溪之滨，
…………

我的眼光随着歌声望去。心想，“谁在吹这芦荻呢?”但是星光底下甚为朦胧。我从纵横交错的叶底望去，仿佛看到一个白色的人影，靠坐在芦叶编成的吊床上随风摇摆着身躯哩。这是诱人的女水妖还是像我一样的秋的礼赞者呢？我想。我试“阿哈!”呛咳一声惊她一惊，人影消失了。睁眼一看，乃是一片芦花！我惘然。我悟及我所听到的是我从前哼过的一支短歌，是孩子时唱的短歌，适才不留神间脱口而出了。我怔着。若不是天空一声嘹亮的唳声唤回我的意识，大约还呆在那里，对芦花做一番惆怅!

“我倒乐意听你的无稽之梦，且让我提起一句古话：说‘痴人说……’什么的啊！你皱起眉头来么?”

我也不难告诉你一些不是梦的东西。但是你相信那些都是真实的么？不过我所谈的殊不值智的一哂。风劲了，倘不想睡，你得多添一件夹衣。

池影

我来这池塘边畔了。我是来做什么的？我天天被愤怒所袭击，天天受新闻纸上消息的磨折：异族的侵凌，祖国蒙极大的耻辱，正义在强权下屈服，理性被残暴所替代……我天天受着无情的鞭挞，我变得暴躁，易怒，态度失检，我暴露了我的弱点……我所以特地来偷一刻的安闲，来这池塘边散一回步。我要暂时忘却那些不愉的念头，借这一泓清水来照一照我自己，瞧一瞧我原来是怎么样的。我手里还拿着一本书，一本没有血腥气的和平时代写就的小书。我逡巡在池塘边际，足蹈着被秋露染黄了的草茵。自然好像并未生恼，它仍不惜花很多工夫串缀无数枚露粒于蛛网上，仍不吝惜许多鲜明的颜料，把枫林染红，复把甜美的浆液装满了秋柿和桔。就是眼前的池水，也静静地躺着，一动也不动，好像不与闻世事似的。

你瞧，我的影子拖过水面了，它和我的身体成一直角，它是躺在水平面上我则是沿垂线的方向站立。它的腿子比我短了一点，因为我站在岸上。我且蹲下来罢，摸过一个石块坐着，脸朝池塘。石块是这般冰凉，那里面是溶解了许多秋寒，是“秋之心”哪。我坐在石块上眼望池塘，让我和我的影对语一回罢。这里是我自己，我们可以打开心说话，谁也不用敷衍谁，谁也不用欺瞒谁。彼此无需掩藏起自己的喜悦和弱点。近郊没有人来，只有我和我的影子。

你瞧这亮晶晶的水面岂不像一只水汪汪的眼睛。我的影子映在它里面，正如我的影子落在我母亲的瞳睛里面，当她望着我的时候。我现在哪里会这样傻蠢，想摘取母亲瞳孔中的影子而来捞捉这池面的影呢？在世上我已学得许多聪明了。你瞧这不寐的水的眼睛吧，它守望着我们，寒暑复寒暑，年年又月月。你若问它看到过多少故事，我怕它会说出它曾经看到我母亲在它的水边洗濯我儿时的襁褓。是哟，它也曾看到我穿着开裆裤，拿长竿捞水面的浮萍，拿石子打破水底的青天。

是哟，它还知道许多我的和别人的秘密。当我的一个婶母偷偷在半夜投入它的怀抱，把所有的秘密都托付给它，吩咐它不要说出。它便真的守口如瓶，半句不漏，好像不知道的样子。大概那故事一定是伤心的。不过我总嫌它太爱缄默。把许多故事霉烂为沼气，岂不可惜！

要说起它的历史么？它虽则比我和我的父亲老大得多，但不比我祖父的祖父老。我从祖母的口中知道它的故事，所以它不应对我傲慢了。那不过在很久以前，当我祖父的祖父到老年才生了一个儿子，在满月的时候，他把路过的打着两根竹棒走路的瞎子喊进来，告诉他孩子的生辰，听他的三弦琴上会漏出什么消息，关于孩子的未来命运的。

瞎子弹拨着琴，拖起长腔唱，从“三周四岁啊离娘身”起。唱到一半，忽然把弦一扣，道白道：“啊，你的公子爷要交落塘运。”

好像一个故事中女巫对初生下来的公主说：“将来你碰到纺锤的时候，便得永远睡去……”使王后国王以及许多人大大忧心一样，“要交落塘运”，这预言像冷风似的透进每一个环瞎子坐着听他弹唱的妇人们中间。在她们中间起了骚动，窃窃的絮语从一个人的口传入另一人的耳，“要交落塘运，要交落塘运”，一种神秘的威胁像蝙蝠的黑翅，无声地在各人顶上盘旋。这句无足的语言，却迅速地传遍全村。“某某的孩子要交落塘运。”

“落塘运”是什么意思呢？就是孩子要掉到池塘里淹死的意思。这是跟着生辰八字来的，无可避免。要想逃避这厄运么？你听他们说罢：说是从前有一个人生了一个儿子，算命的说他要交“落塘运”，他坚不相信，一面却严禁孩子到池边水边去。他以他的固执违抗命运，但命运决不可抗的。一天，他的孩子向天井泼一盆脸水，不提防连人跌过去，他的脸覆在脸水潴成的水洼里，淹死了。此后再也没有谁敢违拗命运了。

“要交落塘运，要交落塘运”，祖父的祖父拈着胡子，望着孩子。他知道禳除的方法。就是在自己家门口的田里挖一口池塘，方向照堪舆先生的指定。这样便可以消灾消晦，孩子便不会掉到池里淹死了。祖父的祖父当时有的是人力。决定开挖池塘了，兄弟叔伯全都来帮忙，大家一铲一铲地不期年便成了一口方整的池塘。这池塘可以灌溉许多田亩，可以养鱼，给小孩子洗尿布，也极方便。

屋边塘是不准把水戽干的。这在当初的用意大概是防火警，后来成了习惯法。所以当这池塘竣工的时候，在池岸的半腰，嵌了一块“平水石”。申着禁令道：

“不论荒旱，‘平水石’露出水面时，便不准再戽水灌田了。”

这禁令从未被破坏。池水也未曾干过。因此池里蕃息着许多水族。借了盲者三弦琴上的一语，无数生命得熙熙乐生。谁说迷信是全无是处的呢？

这池塘经过了多少冬夏，风风雨雨当然不是从前的样子了。你看池边的扁柏已经成材，那是不易长大的树木。野藤蔓遍了石砌的罅隙把它胶结得更加牢实。因此可以减少许多崩塌。你看那池边一块长方的岩石上，绘着无数的水纹。这便是它的历史记录，有如树木的年轮，满载春秋的记忆。

我是怎么了？我是坐在这池水旁边，我原是为了来看我自己的影，而我想起了它，忘了我自己。我曾有多少影子映照在这水面呢？穿着红绿的披领衣，手拿喇叭的，初剪成西式的头发捧着书包上小学去的，从中学读书回来趾高气扬的，和现在一副好像失去欢乐的平板的面孔。何时有斑白的头首照临这水面呢？但我并没“感慨系之”的意思。我的思想野了。我携来一本小书而我不曾把它翻开，我在翻开无形的记忆的书页。从何处送来一个小小的波纹，把水面弄绉而同时也揉绉了我的幻想。让我来找寻这起绉的原因。原来对岸的水底，咕咕地冒出许多水泡。我可以辨别这水泡而知道水底的情形：一连串断续的水泡是表明水底有动物钻动。一只鳖，一条鱼，或是一个大蚌移动它迂缓的脚步。疏朗的小小的像圆珠子的水泡则是因为池底积下腐朽的植物化成沼气，渐渐聚成颗粒，透出水面来。但我不能长呆在这里，我必得回去。回去受新闻纸的磨折，让它挑拨我，激怒我。只要我能够来这池边，我还能驾驭我的感情，不令人目我是浮躁的狂苴。

寂寞

当一个人独处的时候，当他孑身做长途旅行的时候，当幸福和欢乐给他一个巧妙的嘲弄，当年和月压弯了他的脊背，使他不得不躲在被遗忘的角落，度厌倦的朝暮，那时人们会体贴到一个特殊的伴侣——寂寞。

寂寞如良师，如益友，它在你失望的时候来安慰你，在你孤独的时候来陪伴你，但人们却不喜爱寂寞。如苦口的良友，人们疏离它，回避它，躲闪它。终于有一天人们会想念它，寻觅它，亲近它，甚至不愿离开它。

愿意听我说我是怎样和寂寞相习的么？

幼小的时候，我有着无知的疯狂。我追逐快乐，像猎人追赶一只美丽的小鹿。这是敏捷的东西，在获不到它的时候它的影子是一种诱惑和试探。我要得到它，我追赶。它跑在我的面前。我追得愈紧，它跑得愈快。我越过许多障碍和困难，如同猎人越过丘山和林地，最后，在失望的草原上失去了它。一如空手回来的猎人，我空手回来，拖着一身的疲倦。我怅惘，我懊丧，我失去了勇气，我觉得乏力。为了这得不到的快乐我是恹恹欲病了，这时候有一个声音拂过我的耳际，像是一种安慰：

“我在这里招待你，当你空手回来的时候。”

“你是谁?”

“寂寞。”

“我还有余勇追赶另一只快乐呢?”我倔强地回答。

我可是没有追赶新的快乐。为了打发我的时间，我埋头在一些回忆上面。如同植物标本的采集者，把无名的花朵采集起来，把它压干，保存在几张薄纸中间，我采撷往事的花朵，把它保存在记忆里面。“回忆中的生活是愉快的。”我说。“我有旧的回忆代替新的快乐。”不幸，当我认真去回忆，这些回忆又都是些不可捉摸的东西。犹如水面的波纹，一漾即灭。又如镜里的花影，待你伸手去捡拾，它的影子便被遮断消失，而你只有一只空手接触在冰冷的玻璃面上。我又失败了。“没有记忆的日子，像一本没有故事的书!”我感到空虚，是近乎一种失望。于是复有个关切的声音向我嘤然细语：

“我在这里陪伴你，当你失去回忆的时候。”

“谁的声音?”我心中起了感谢。

“寂寞。”

我没有接近它，因为我另有念头。

我有另一个念头。我不再追赶快乐，不再搜寻记忆，我想捞获些别的人世的东西。像一个劳拙的蜘蛛，在昏晓中织起捕虫的网，我也织网了。我用感情的粘丝，织成了一个友谊的网，用来捞捉一点人世的温存。想不到给我捞住的却是意外的冷落。无由的风雨复吹破了我的经营，教我无从补缀。像风雨中的蜘蛛，我蜷伏在灰心的檐下，望着被毁的一番心机，味到一种悲凉，这又是空劳了，我和我的网！

“请接受我的安慰罢，在你空劳之后。”

这是寂寞的声音。

我仍然有几分傲岸，我没有接受它的好意。

岁月使我的年龄和责任同时长大，我长大了去四方奔走，为要寻找黄金和幸福。不，我是寻找自由和职业。我离开温暖的屋顶下，去暴露在道途上。我在路上度过许多寒暑。我孤单地登上旅途，孤单地行路，孤单地栖迟，没有一个人做伴。世上，尽有的是行人，同路的却这般稀少！夏之晨，冬之夕，我受等待和焦盼的煎熬。我希望能有人陪伴我，和我抵掌长谈，把我的劳神和辛苦告诉他，把我的希望和志愿告诉他，让我听取他的意见，他的批评……但是无人陪伴我，于是，寂寞又来接近我说：

“请接受我的陪伴。”

如同欢迎一个老友，我伸手给它，我开始和寂寞相习了。

我和寂寞相安了。沉浮的人世中我有时也会疏离寂寞。寂寞却永远陪伴我，守护我，我不自知。几天前，我走进一间房间。这房里曾住着我的友人。我是习惯了顺手推门进去的，当时并未加以注意。进去后我才意识到友人刚才离开。友人离开了，没留下辞别的话却留下一地乱纸。恍如撕碎了的记忆，这好像是情感的毁伤。我怅然望着这堆乱纸，望着裸露的卸去装饰的墙壁，和灰尘开始积集的几凳，以及扃闭着的窗户。我有着一种奇怪的企待，我心盼会有人来敲这门，叩这窗户。我希望能够听见一个剥啄的声音。忘了一句话，忘了一件东西，回来了，我将是如何喜悦！我屏息谛听，我听见自己呼吸的声音和心脏的跳动。室内外仍是一片沉寂。过度的注意使我的神经松弛无力，我坐下来，头靠在手上，“不会来了，不会来了。”我自言自语着。

“不要忘记我。”一个低沉难辨的声音。

我握上门柄，心里有一种紧张。

“我是寂寞，让我来代替离去的友人。”

“别人都离开而你来了。愿你永远陪伴我!”

啊！情感是易变的，背信的，寂寞是忠诚的不渝的。和寂寞相处的时候，我心地是多么坦白，光明！寂寞如一枚镜，在它的面前可以照见我自己，发现我自己。我可以在寂寞的围护中和自己对语，和另一个“我”对语，那真正的独白。

如今我不想离开它，我需要它做伴。我不是憎世者，一点点自私和矜持使我和寂寞接近。当我在酣热的场中，听到欢乐的乐曲，我有点多余的感伤，往往曲未终前便想离开，去寻找寂寞。音乐是银的，无声的音乐是金的。寂寞是无声的音乐。

寂寞是怎模样？我好像能够看到它，触摸到它，听见它。它好像是没有光波的颜色，没有热的温度，和没有声浪的声音。它接近你，包围你，如水之包围鱼，使你的灵魂得在它的氛围中游泳，安息。

门与叩者

你想到过世界上自有许多近似真理的矛盾么？譬如说一座宅第的门。门是为了出入而设的，为了“开”的意义而设的，而它，往往是“关”着的时候居多。往时我经过一个旧邸第，那双古旧的门上兽环锈绿了，朱漆剥脱，蛛网结在门角上，罅缝里封满尘土。当时我曾这样想，“才奇怪！人们造了门，往往矗皇而庄严的，却为的是关着？”

人是在屋顶底下，门之内生活着的。人爱把自己关在门里。门保证了孤独和安全，门姑息了神秘和寂寞，门遮拦住照露现实的阳光，门掩蔽起在黑暗中化生的幻想。人在门里希望，在门外失败；在门里休息，在门外工作；在门里生活，坟墓则在门外。门隔开两个不同的世界：己和群的世界，私和公的世界，理想和现实的世界，生和死的世界。门槛是两世界的边缘，象征两种不同领域的陲疆。人生便是跨进和跨出门与户槛；跨进和跨出希望与失望的门与户槛，跨进和跨出理想和现实的门与户槛；等到有一天，他跨了出去，不再回来时，他已经完成有生的义务，得到了灵魂的平安。

啊，我的文章本来不是论“门与人生的关系”。当我落笔的时候，原想写出两个矛盾：门是为开启而设的，而它往往关着；既然常关着，而人，又每每巴望它的开启。这矛盾不难体验：譬如说有一个日午——一个长长的夏午罢——时钟走得慢了（摆锤受热延涨了），太阳也爬得慢了（因为它爬上了回归线的顶端），声浪的波动也震颤得慢了（你听蝉声是那么低沉，拉长，而无力），生命的发酵也来得慢了（动物都失去喧闹，到阴处觅睡去了），人们自己，也会觉得呼吸和脉搏都慢了，一种单调的厌倦落在人身上，那种摆不脱的，无名的厌倦。他失去可以倾吐愫悃的语言的机能，因为得不到对谈者；他失去可以抒发幽情的思想的机能，因为思想找不到附着点，如同水蒸气的凝聚必得有一个附着点。打不破的单调紧紧裹着他，如同尸布紧裹一个尸身。这时，他渴望能有一点变化，一件事故……而当他偶把眼光移上扃掩着的门时，便自然而然地希望它能有一次开启，给他带来一个未知的幸福，爱情，甚至于一个不幸的消息，总之，一个惊异。而他便预先构起幻想，想象门的那边将是一些什么，便预为快乐，预为兴奋，以至预为悲戚了。

生活在门里的人是寂寞的。愿意听一个门的故事么？我那故事中门里的主人是寂寞的，我那故事中门里的主人也是矛盾的。他已经有了中人以上的年纪，户外流泊的生活于他不再感到兴趣，英勇和冒险的生活不再引起他的热情，于是从一个时候起他便把自己关在门里。拜访是绝对地少，他也不爱出去。好像世界遗忘了他，他也遗忘了世界。岁月平滑地流过去了，岁月有如一道河，在屏着的门前悄悄地流过。门里的主人好像是忘了这么一回事，忘了岁月了。伴着他留在门里的，是寂寞和回忆。

有一天一颗不安的种子落入他的心田，好像一颗野草的种子落在泥土，生根萌发。起先是觉察不到的，到后来渐渐滋长了，引起他自己的注意了，“啊！这门多时不曾开启过了！为什么不开启一次呢?”他自己问自己。“我希望有一个拜访。我愿意听到一声叩环的声音。垂着的铜环哑默得有点近于冷清呢!”

这不安渐渐显露，渐渐加深。我的故事中门里的主人的心的平静给扰乱，好像在平静的潭底溜过一尾鱼，被扇起的浪动是极微极微的，但整个潭水都传遍，全部水族都觉得。

“门为什么不开启一次呢?”嘘出了一声祈求和愿望。

恍同神意的感召，怎么想，便怎么显现：

“嗒!”金属的门环响了。

“什么？叩门么?”这在门内的主人是视同奇迹了。

“嗒，嗒。”连续的金属的低沉的寂寞的声音。

“啊！机缘!”

听哪，听！又是一声低哑的“嗒!”

无疑地是有人推动那沉重的铜环!

还得仔细辨认!

“嗒”地又是一声。

我们门内的主人感到惶乱了（这声音于他太生疏）。但是钝滞的动作永远掩饰起这情绪。他缓慢地悄悄地立起身，曳开步子，缓慢地悄悄地走向门边，缓慢地悄悄地把门打开。在门旁出现的是一个陌生的面脸。

“找谁啦?”舒缓而低沉地问。

“找一个朋友。”

“是不是一个瓜子脸的，黑眸子的，乌头发的，红嘴唇的，苗条身材的？……听说她在某一天——在我还不是这屋子的主人以前——从这门出去，不曾回来。以后人们都没有她的消息。”

“我找的不是她。”

“是不是一个清癯脸的，窄腰身的，削肩膀的，尖鼻子的，薄嘴唇的，忧心忉怛的，沉默寡言的？听说他在某一年——在我还不是这屋子的主人以前——从这门出去，进入了墓地……”

“我找的是另一位。”

“我敢保证你是找错了。我来这屋子时，是芜秽荒落，阒无人居。除了那两人以外，人们没有告诉我第三者。”

陌生的面脸无表情地在门边消失了。门轻轻地被掩上。这样轻轻地，连从偶尔被风吹落在门臼里的野草的种子萌生出来的柔嫩芽苗，也不曾为之碾碎。

我的故事中门里的主人从门边退了回来，重新裹在无形的寂寞的氅衣里。这拜访多无由啊！但环被叩过了，门开启过了。我们故事里的主人又恢复了他的平静。

岁月平滑地流过。过了多少时日呢？连他自己也不知道。我们故事里的主人又觉得不安了。犹如冬季被野火燔烧的野草，逢春萌发。这不安的萌蘖又在我们故事中的主人心里芽茁了。人是矛盾的：在嚣逐中缅思寂寞，寂寞中盼待变化，门启时欢喜掩上，门掩后又希望开启。我的故事中主人又在渴望一声“嗒”的金属的叩环声音了。这不是强烈的企待，却是固执的企待。而当这企待成为一种精神的感召时，神意又显示了。“嗒”的声音又在门环上震响了，这轻微而清脆的声音。门里的主人又起了震栗，好像这声音敲醒他的回忆。我们的故事中的主人又无表情地缓慢地悄悄地站起，曳开步子，缓慢地悄悄地走近门边，缓慢地悄悄地把门闩打开。这次出现的是似曾相识的熟稔面脸，一个手挽着孩子的中年妇人。

“找谁啦?”不假思索地随口问。

(发现了似曾相识，片刻的沉默，各人在搜寻久远的记忆。)

“啊！是你!”

(儿时的朋友。成长的容颜里仍然认得出幼年的形貌。)

“是你啊!”

(惊愕使他觅不出语言。)

“怎么来的?”

(迟暮的感觉。)

“这是你的孩子么？你几时嫁人的？生活幸福么？丈夫依顺体贴么？孩子乖么？……”

(一串殷勤的问候。)

“感谢你叩上这寂寞的铜环。”

(无端的感谢使她惊愕了。)

寒暄是短暂的。不久这妇人和孩子在门边消失了。门又轻轻地掩上。这样轻轻地，连停在门上的蝇虎（夏季的动物哪）都不曾惊动。

我的故事中门里的主人又从门边退了回来，裹在寂寞的无形的氅衣里。门被叩过了，开启过了，他又恢复平静了。以后，他怎样呢？以后他又不安了，随后门又开启了，一个熟稔的或陌生的面脸在他眼前闪过了，随后门又掩上了……终于，最后一次地，他听到叩环的声音，最后一次他延见了门外的叩者，那是“她”。是他所盼待的，用黑纱裹着面脸的，穿着黑衣的，他随着她跨出这个门。以后就没人看见他回来了。代替他掩上这双门的，将是另一双手。

独居者

现在我很懊悔无意中发现了C君的秘密，一个人在孤独时的秘密。这是一种痛苦，他原先紧紧藏着，预备留给他自己的，我不意中知道，这痛苦乃交给了我。他自己还不知道这回事，实际上另外有个人在分担他的痛苦了。听说有一种眚神，专给人家作祟的。但作祟的工作要在秘密中进行。譬如一个人在单房暗室，独处的时候，这眚神便用各种威胁引诱，弄得他害病为止。万一这作祟的工作被一个闯入者发现了或道破了，这眚神便舍掉原先想害的人，转向闯入者纠缠，将祸害嫁给后者。我碰到的正是这种情形。当我发现了他深自掩藏着的痛苦，我也要替他分负的了。

要说我为什么把这回事放在自己心上？我不知道。只好怪我自己了。要说他有什么痛苦，为什么痛苦？我也不知道。这是一个谜。痛苦是往往说不出的。好像挨了毒打，浑身疼痛，却摸不着痛处。C 君是一个奇特的人！他是属于幸福的一群呢？还是属于不幸的一群呢？我不能下断语。要论断某一个人，总得自己的见解智慧比人高出一筹，方得中肯。正如景色的眺望者，从高处往下看，方见全景；若从卑处往高看，所见结果一定不对的。我对 C 君的观察是从卑处往高看吧，我的叙述也许是不对的。也许他不似我所猜想的，根本没有什么痛苦，这一切倒是我自己的幻觉，这也难定。总之，说他有点奇特，不算过分吧。

C 君是我的朋友。我们认识有许多年头了。他给我最初的印象是一个可爱的、快乐的、和蔼的青年人。他服装穿得干净，鞋帽整齐。他的头发总是剪得齐齐的，两旁梳开，披在颞颥边，中间显出一条肉路。他的脸端正，端庄的表情浮在端正的脸上，有一种没有矜伐的厚道。他有明净的眼珠，不常直视人，偶然碰到别人的眼光在他的脸上搜索的时候，总是微微一笑避开。他鼻子方正，鼻准微平。嘴也搭配得大小适宜，嘴唇略厚一点，这使他的脸减损一分秀气。他会说话，不大流利，可够表达，显然是练习出来的。他的脸颜微嫌瘦削，照他的骨架子，应当更丰满些。总之，他是一望而知的没有受过生活鞭挞的人，在一个陌生人的眼中，正如一般生活优裕的人，往往多受人们尊敬。

从他对人和做事的态度看来，他是一个热情的没有自私的青年。他对朋友极诚恳，做事认真负责。他的信念极坚定，在他的眼前永远闪现着美丽的希望。他不颓沮，不懊丧，脸上心里总是浮着微笑的。他从没有对任何事失去忍耐，对任何人抱怨，责备；他忙，但颇有点闲情。有一次我见他照画报上的样子在剖剔一个水仙球茎，弄了好几个钟头，似乎没失去耐性。

我们时常在一起，散步谈天。我们谈到粗俗的，猥亵的，平凡的，崇高的，他很坦白，很少隐藏，因此我也约略知道他的身世，他的思想，他的感情。一切都没超人或异乎常人的地方。他正是一个脚踏实地的为理想的工作者。

但是当我发现他有一种爱好独居的性格的时候，我渐渐觉得他有点奇特。他的工作（我想对他的工作性质的说明是不必要的。世界上，哪种工作最高贵最重要，而哪一种又不重要的，无价值的，我想没有人能够品评），使他和人们亲近，同居处，同饮食。但他总是单独住一个房间。他从不肯留一个朋友在他房里住宿。他好像是洁身自爱的女子，不让别人占用她的闺闼。当有一次一位从远道来的友人来望他，那友人找不到别的宿处而又疲倦了，打算在他房里过一夜，他陪他坐到夜深，最后，站起来说道："我房里没留过客人，我要保持这记录，我陪你上旅馆去。"友人显然有点愠色，但他还是曳着友人上旅馆去了。这事后来那友人告诉我好多次，说他是有点不近人情的。

他住的房间陈设简陋，但他守住这简陋的房间，像野兽守住它的洞穴，不愿意别兽闯入。我对个人的癖爱颇能谅解。像他这样的人，也许为了工作性质的关系，也许为了读书研习的关系，不愿别人打吵他，是说得过去的。我曾有个时期和他同住在一所公共的建筑内，同处在一个屋顶下，但我们仍旧保持着各人的生活习惯。因为我们有着不同的职业。我白天出去，晚上一早就睡了。他到夜深睡，早晨起床比较迟。有时候我们是数天不见面的。

一天的夜里我发现了他孑身独处的原因。愿他原谅我，我是无心的。我看取了他的秘密，却无法把它交还原主，这使我时时引以为憾。我不是好奇的。这发现属于偶然，至今我还是懊悔那一次的闯入。

那是一个有月亮的夏季的晚上，夜深使一切喧嚣归于静寂。

我这夜特别比平时睡得迟，正预备熄灯睡的时候，突然想起一件东西遗在C君的房里，想立刻得到它。我想他是已经睡了，为了不惊扰他，我悄声走过去，我蹑着脚步走近他的房间。他的房门没有锁，被午夜的风吹开，留着一条阔缝。我一脚跨进去，仿佛眼前一个异景怔住了我，我几乎不相信我自己的眼睛了。C君在做什么啦！他跪在自已床前的地上，头伏在臂里，好像在做祈祷。从窗口斜射进来的月光把室内照成一种淡淡的晖明，他虽则跪在暗里，我却清楚地能够辨别他额上流着汗，脸孔是严肃而神秘的，一种不胜苦楚之情。这使我想起耶稣基督在客西马尼亚园中的祈祷："汗珠大如血点，流在地上。"一种在苦杯前踌躇的惶悚。C君也好像是在推开一个苦杯而又准备接受。他全神贯注地沉在默念中，好像在一种不可见的神前忏悔，又好像是一个为热情所燃烧的男子在冷若冰霜的女子面前恳求，一种祈求幸福或是向幸福辞谢的神情……我几乎失声喊了出来，一种神秘的力量使我噤住。我悄悄退出，站在外面，从门隙中望他继续的动作。约摸过了四五分钟，他慢慢地站起来，走向窗口，面朝月光把手徐徐举起，好像迎接从月光中降落的天使似的。随后又把手垂下，向后摸索着床架，扶在上面，脸仍不回过来，这样站着好久好久。我只能从他偶然偏过来的脸望见那上面的神秘似的似乎痉挛的表情。"他是被痛苦啮噬着。"我忽然想到，于是迅速地跑回我自己的房间，忘记了适才去他房里的目的，我熄了灯，躺在床上，辗转了好久，我细细分析他平时的见解和行为，一丝也没有异样。但渐渐我从他偶尔流露的片言只语里，好像发觉他是怀着什么痛苦。

那也是和他相识不久的时候，我们已有时常谈天的习惯，我坐在他房里，我们纵谈着各种琐事，讨论着许多问题。我们谈得很有兴趣，这时他手中揉弄着一条领带。我想到一个友人，爱把领带当作裤带束在腰间，于是我说：

“你知道领带还有什么别的用途么？”

“哈哈哈。”

“猜得着吗？”

“哈哈哈。”

我不耐烦地就把我的发现告诉他。说是领带当裤带是适宜的。长短阔狭都好，只是一端太宽了些。

“还有一个用途。”他补充说。

“什么？”

“哈哈哈。”他不说下去了。

但是一转想我也猜到了。那是上吊用的。当时我觉得这家伙脑筋古怪，怎会想到这上面来呢？但是他那快活的笑声，立刻把我思想的阴云打散了。

我从来不曾听到他悲观的论调。但有一次一个友人颂赞“生的欢喜”“生的美丽”说：

“生是多美丽啊！我便从来没想到自杀过。”

“谎话！”好像听见C君的自言自语。但他立刻用快活的声音接着道：

“是的。生是美丽的。”

谁能够解释他身上的矛盾呢？谁能够看出他极快活的表面底下潜藏着一个痛苦的灵魂？他有希望的光明，却又有失望的暗影；他有快乐的外表，却又有忧郁的内心。他好像是一池深深的潭水，表面平静光滑，反射着美丽的阳光，底里却翻涌着涡卷的伏流。有人留心到海面么？涡流最急的地方往往表面上显得异常光滑。C君的心境便是这样子。令人费于索解了。

我想从他自己的口中和别人的口中探听，他是否受过什么大刺激，譬如失恋等情事，答案都是否定的。受过良好的教育，正如有着进步思想的人，他是自由主义者，他反对宗教，反对权力，反对加在人类身上的经济的和思想的一切桎梏，那么他为什么那样苦苦地祈祷呢？简直像一个虔诚的教徒！为什么他想到“死”呢？想到人们认为罪恶而自己也认为罪恶的“自杀”呢？这一切都是谜。他是在割舍一种人性上离不开的东西呢？他是不是凭他那严刻的内省，在替他自己的信念和理想觅取一种道德上的支持？好像他发现了一种理想，而又怀疑着，又给自己的怀疑解释，而这解释又不能使自己满意，他想抓住无定形的理想，而又抓不住，因而显得痛苦呢？这一些，也许连他自己也不会明白。

于是我发现他平时乐观的态度倒是一种悲哀的掩饰了。嗣后每次他和我谈话的时候，我便不禁想起他夜晚苦苦跪着的样子。“他苦苦地制造了一个希望，一个理想，来扶掖自己。”我总这样地想。他是天生地有忧郁性格的人，却人为地在忧郁的底子上抹上一层愉快的色彩。这种努力是可敬的，但是这种努力，总给我以一种不可言说的悲哀。

覆巢

九月秋凉的一天，上午十点钟左右，我走过这成为上海中心的大动脉——霞飞路。因为小病，我二十多天不出门了。一雨便成秋，道旁法国梧桐的叶子似添几分憔悴，照面的阳光也那么柔和无力，失其胁人的炎威，转觉有几分可爱。这条路的情形和二十多天前已大不相同。记得我最后一次踏过这条街的时候，路上的行人形色都有点张皇，漂亮的少年少女一个也没有，满街都是衣服不整洁的工人、商店伙计、童子军、救护队等，路旁坐满面有饥色的被难同胞。目前情况是不同了，商店大半复业，橱窗里铺陈着诱惑的货品，无线电在播音，电车汽车照常走动，衣履人时的男女也以极安详的姿态缓步人行道上，一切是这般和平、谧穆，设若不是常有隆隆的炮声继续送来或轧轧的铁鸟掠过空际，真会令人疑心这里是避乱桃源，大家过的安闲岁月呢。

我对于这样安闲之群虽有点担心，但是我觉得大家愁眉苦脸也用不着。这时候，除了工作，工作，工作，牛衣对泣是无补实际的。所以心里尽管苦闷，脸上却有笑颜存在的必要。

我慢慢地通过这成为上海中心的动脉，心里胡乱想着。在一条比较冷静的转角上，我遇见两个妇人，一个三十左右，一个则是五十开外了。她们坐在一家闭锁了的大门沿阶上，好像没有感觉似的，不理睬路过的人。她们的衣衫尚新，却满沾泥污，一看便知是战区逃出来的难民。我瞥视了一眼便走过去了，但是我的感觉有点异样，使我觉得有两个人的面形跟着我，一副有着明亮的眼睛，另一副则是悲切的表情。

我走了很远，那两副面孔始终跟着我，好像她们是素识。我搜寻我的记忆，我把步折回来，我再注视这两位妇人，而我仍想不起她们是什么人。

“是×先生么?”突然我听到从老妇人的口中吐出这样的称呼。瞧她的脸，眼泪珠串似的滚下来了。我端视了好久，我才认出她们是什么人，至于我和她们怎样相识，却是一年前的事。

去年夏天，我应了一位朋友的邀请，在长江边的一个小村里住了好些天。那里原是我从前学校所在的地方，那一带我很熟悉，我非常喜爱这所在。沿江的长堤上长着蓊郁的槐柳，堤下便是不尽东流的长江，堤里边却是一片苇塘，不知名的鸟类吐出款款的啼声，衬着这弥绿一片；远处乃是一角城楼，是县治的所在。朝暾初上时，夕霞迫照时，我曾有不少的年轻的记忆，使我对这河山发生深厚的感情。

我们原是暑假偷闲，到这江边乐一乐的。我们居住的是一家渔户。房屋家具很简陋，但瞧他们的家庭生活，却很美满。他们一共七人，一对中年夫妇，一个母亲，三个孩子，和一位死了丈夫的弟妇。男的晨出晚归，鱼汛时捉鱼，平时则种菜耕田，薄薄的田园，一家衣食粗可维持。女的一年到头打绒线衫，据说这是包工，绒线由工头供给，打成绒衫照件论工资。有一次我说要请她们替我打一件，她们说这是不可能，查明要罚的。

由于我们随便的习惯，使得我们和他们很亲近，如同一家人一样，我们也不讲礼貌，跟着家人一般的称呼他们。男的叫阿祥。他的妻子大家叫阿姊，弟妇便叫阿妹了。我们的生活也和他们一致，我们一同吃麦饭，夜里一同坐着拍蚊子，谈天，看萤火，有时坐着他们的小船到江边逛一逛，我们羡慕他们每天的生活，他们却希望儿子做读书人。

不久，我们离开了，我已经把江边故人忘得干干净净。却料不到今天在这流水游龙的霞飞路逢着她。五十多岁的老妇是邻人，她认识我。三十左右的妇人即是阿姊了。

“是×先生么?”老妇人继续问。

“是阿姊么，怎样来的?”我明知她是怎样来的，但我还是老套地问。

青年女人惘然望着我。她的眼睛似有几分异样。那是显露着惊惶、恐惧和无可告助的精神。这眼睛，我一向熟悉的，温和，明洁，含笑的，现在却异常撩触我，令我寒栗。她望着我，却不回答我的话。显然她是认不得我，或者受刺激太深，感觉麻木了。

“阿祥他们呢?”我转身问邻妇。

“天啊，他们死得可怜!”接着她告诉我这一家人不幸的遭遇。说是战事发生后，他们因为舍不得家园，别处也没熟人，只是惴惴地躲在家里。终于有一天敌人侵入这毫无防御的家宅，勒迫阿祥交出渔舟，强他划着去偷袭某某河口，阿祥在淫威下，载着敌人向自己的弟兄方面冲去，渔舟覆了，阿祥肩上中了弹伤泅水回来。到家以后两天又有四五个鬼子闯进他的住宅，对阿妹意欲强加凌辱。阿祥按不住怒火，持刀逐去，砍伤了一个鬼子，于是这全家的惨运便开始了。为了报复这一刀之恨，阿祥被缚在柱子上，备受刀刺鞭挞。三个孩子和老母杀在他的面前。在他未曾完全失却知觉之前，眼看胼胝经营的家园起火了。这时阿姊刚巧外出，所以留得一条性命。

“阿妹怎样呢？”我问。

“听说被鬼子掳去喂马了，大概成了马蹄下的泥浆吧。可怜忠厚的一家人，遭到这横灾，还说天有眼么？”

一种沉重的心情占据了我，我没有苦痛，没有悲哀。我知道像这样的例子不知还有多少！“覆巢之下，宁有完卵？”乃理之当然。历史上便有无数先例。而且我相信以后的历史还要照演下去。我们除了自强，还有别的办法么？

不知不觉间我离开她们了。突然我听得悲切的声音。

“×先生，叫我们到哪里去呢！”

“到哪里去？”叫我如何回答她。我想起长江边上的小小家园，她们除了那老窝是没地方可去的。我戚然了。我回头看她们，一副悲愁的脸撩触了我。我只能掏出身边不多的钱给她们，替她们雇了一辆黄包车，对车夫说：

“到××同乡会。”

秋稼

阿富醒来的时候，太阳已经照在床上。这使阿富有点惊异，他似乎从来没有看到过自己的家是这样的舒贴、和煦、光明、美丽。阳光透过半截糊纸半截敞着的窗格，金黄色的长方块印在被褥上，反射起通室的透明。尘埃在空中飞舞，好像极细的蚊萤，在那里摆阵。这温和，这舒贴，这慰抚，简直叫他想起做小孩子的时候，在被窝里撒赖，非教母亲拧得转不过气来才起身的时候来。他微笑了。他现在已是孩子们的父亲，四十上下的人了。但是这种想头的袭来却不能不怪四周出奇的阒寂、冷静。

平常，他起身总比太阳早，回家的时候总比太阳迟。他是一个种田人，不论阴晴雨雪，总有事情做着，忙着的。为什么现在却闲着呢？别人也许要问。那是因为战事发生后，这里已经成为战区，村里的男女老幼都逃避了，只有几个大胆的，或者是病得不能动弹的才留在这儿。前几天，日夜只听得隆隆的大炮声，格格的机关枪声和呼呼穿掠屋顶的步枪子弹声，弄得他整天躲在家里不敢出门一步。开头是非常怕，后来听惯了，出来窥探窥探，什么也瞧不见，前晚起，炮声稀疏了，隐隐约约地渐离渐远，大概不是打到前面去，便是退到后面。总之，这里不是火线了。

阿富是有了战争经验的，所以比别人沉着些，有把握些。十几年前江浙战争的时候，他正是壮年，曾被拉去扛了几天子弹。但是凭他的机敏，讨好兵士的心理，得安然回来，非但没有损失，还赚得两只袁头。六年前，东洋人也曾打到他的村庄，走进他的家里，他又应付出去，除了牵去一头耕牛，没有别的损害。这一回，他把牛和家眷都寄托在别处，自家守在屋里。一样固然是舍不得离开这胼胝经营的家；另一样的理由，则是因为秋稻转眼成熟，这是他半年辛苦的结晶，他全家命脉所在。他是离不开土地的，正如鱼是离不开水一样，他曾聪明地比喻过。

一阵嗡嗡的声音把阿富从呆想中拉回来。他侧起身子来看，一只蜜蜂一头撞在纸窗上，向外边光亮处飞。大概是失群的蜜蜂，夜间迷失在他房里，否则便是朝来误被九月无力的阳光所诱，冒寒出来。其实天气太凉，不是采花的时候了。阿富起来，用纸条把它从没有糊纸的格孔中放出去，自己拿起不离身的烟管和锄头，到外边来。

田野是一片旷寂。波形起伏的禾稼，每一茎上都垂着重甸甸的金黄谷穗，这些好像是他亲手养大的孩子，在等着收获。地面草叶上、禾藁上、蛛网上，都被夜露濡湿，踏过的时候，簌簌地掉下来，沾湿了他的衣襟。他一边走，一边用锄柄掠起倒在田塍上的谷穗，审视落在地上的谷粒，早稻已经过熟，谷粒都掉下来了。他蹀躞着，徘徊着，心里好像感觉到有一种义务，有一种责任，不能让天赐的粟粒委弃在地上，这种在他心底起的惜物的心，使他一步步更坚决地向家里走。他想起锈钝了的镰刀，想起禾床（这乡间打禾是沿着最浪费的习惯，用禾床打在地上），想起尘封的谷簟，终于想起邻居的癞子。

他便先去找癞子。癞子和他一样，今天起来很迟。癞子家里穷，只有半亩田地。大半是替人做工度日。他和阿富是老相好。阿富时常帮他忙，他也帮助阿富。阿富不走，他也留在这里，但是许多天不见面了。他们今天碰到的时候，都意外地高兴。

“喂，稻黄了。”阿富扬着烟管说。

“稻黄了。”应声虫似的回答。

“收割吧。”

“收割。”

“带镰刀来。”

“马上来。”

全部的对话就只有最后的一句微有不同。几分钟后，他们的镰刀，便在禾梗上飕飕地挥舞了。他们俩都有大的奋兴，他俩都不说话。似乎忘了早餐尚未吃过的腹中的饥饿，似乎忘了疲倦，各人驼着腰，撑起腿，只顾把稻束往身边放。突然，身后有一声口哨，他俩不约而同地停住了，挺起腰子来往后看，在他们身后站着两个雄赳赳的兵，穿着黄绿色的军服，臂上有红膏药的符号，手里拿着枪杆。旁边还站着一个穿便衣的，用生疏的口音向他们招呼，瞧脸色却是和善的。

“辛苦么?”穿便衣的说。

“这里真是满地黄金。”他指黄熟的稻穗继续说，装着笑脸。

“我们队长请你说话。”他用手招呼阿富和癞子。

据阿富的经验，和他们绝对拗不得。客客气气请你不去，等到绳索套上来，那是迟了。他把镰刀丢在地上，招癞子一道过去，跟在他们的后面走，穿便衣的三番四次地关照他说："见我们队长的时候，不要装痴装呆，队长吩咐的事情，千万不要推诿，队长顶爱好人，你们好处多着咧。"

在不数十步远的土庙里，便见着所谓队长，是一个戴眼镜八字须的矮胖子。瞧他脸色确是和悦，说话时露出一个金牙，他的本地话说得不好，字句先后颠倒，可是也够明白。他坐在一只破椅上，后面还有十数个兵士，他招阿富过去，用温和的口吻问：

"你是本地人么，你们做工每天可赚多少钱？"

阿富谦逊地回答他说他是本地人，说他和癞子是种地的，没有工钱。

"你们要钱么？只要照我们的话去做，要多少都可以，你们不用愁穷了。"队长夸耀地说。接着见他们没有回答，便用手指一指穿便衣的，意思是叫他说明。

穿便衣的跑过来，凑在阿富的耳朵边说："事情很容易，只要你跑去躲在×村的沟里，把一天或一夜的来来去去的人数马匹车辆记个数目，回来报告我就成，我自派人接应的。你看这容易么？"

"我们每天给你两块钱，事情做得好，另有赏钱，你愿意么？"穿便衣的补充地说。

阿富没说话。他知道当前是个大难关。他没读过书，但是他知道他自己是中国人，自己的父亲祖宗以及妻儿后代也还是中国人，现在坐在他前面的是东洋人，是中国人的敌人，帮敌人的叫作里通外国，这是对不起祖宗，对不起后代的。一个人能对不起祖宗后代么？并且东洋人应许的钱也不见得靠得住。又听得中国人时常打胜仗，这样，做里通外国还活得成么。他还记得六年前的老三，就是为了做里通外国，在一座纪念塔前面枪毙了，个个人都说应该。

“你愿意么？这岂不比种田好些，并且没人知道的。”

阿富回头看瘌子，他已经被两个兵带在另一旁。瘌子是不懂这样关窍的。只是看阿富的榜样，阿富不答应，他是抵死也不答应的。瞧他样子，似乎呆了。

忽然间，队长发出嘶哑的声音：

“你们是便衣队么，给我搜。”

穿便衣的复跑来凑在阿富的耳朵说：“只要你答应，我可以替你辩白，不是便衣队。你答应么?”

“还不给我搜!”队长连连地吼。

“你看，队长生气了，要再不答应，那我也不能保你了。”

两个兵士跑上前来，在他们俩的身边摸上几摸，阿富的衣袋里一盒洋火，被他们掏出来了，放在队长的前面。

“你还不答应么？连证据都有了。你只要点一点头答应，我便替你说情去。”穿便衣的作好作歹地说。

“给我拖去，枪毙!”队长连声吼。

“再不答应，你的命就没有了。”穿便衣的人说。

阿富不了解死是怎样一回事，但是站在他身边拿枪的兵士，好像是死神的化身。这时候，他已经失去判断的能力。穿便衣的连连在他的耳边问了几声，他好像不曾听进去。他想起他的妻子和三个儿女，但是只如轻烟似的一瞥即逝了。他回过头去看瘌子，他脸色发青，站在那里，动也不动，穿便衣的大概也拿同样的话在问他，也得到同样的结果。阿富想说话，喉头好像哽住了，头颈也好像僵直了似的。

“不答应吗?”穿便衣的显然有点不耐烦。“但是我想还来得及。你答应么?”

一点声息都没有，一只蚱蜢飞进来，停落在阿富的身上。他想起刚才给他放走了的蜜蜂，他是愿意一切都乐生的，他父亲在世的时候，曾对他说过，动物都有生命，应当爱惜。但是父亲没告诉他人的生命该怎样爱惜。

两个兵拿上两块蓝布，意思是要蒙在他们两人的脸上。突然，阿富看见军官的眼镜上闪烁着一个纸窗的影，他转过头去。自己的小屋在阳光底下闪烁着，两柄因刈割方始发硎的镰刀，散落在田里，也隐约可见。稻穗仍旧垂着，好像等他去爱抚的样子，露水也干了。被太阳蒸晒的原野散出刍藁的浓香，再看看癞子，仍然呆着。

一阵枪声响了，一切复归于沉寂。田野间一片金黄的秋稼，却没有一个收割的人。

《少年读物》发刊词

我们编辑这小刊物，是专给初中学生和同等程度的读者看的。高中学生和同等程度的也可以读。这里面没有艰深的学理，没有佶屈的术语，也没有呆板的说教。文字浅易明显，大家都看得懂。但是题材都是新颖的，观念都是明确的，思想也是前进的。我们不敢期望这小小的刊物对读者有多大贡献，多大裨益，但敢期其必无害处。我们不敢自许太高，但也努力求自己和读者的满意。

我们做过少年，做过学生，也做过少年的朋友，学生的教师，我们知道他们所想知道的是什么，所以内容方面侧重于自然科学、社会科学及文艺，但我们也没有忽略使少年们苦恼的种种问题。现在的少年，遭受国难家难重重痛苦，肩上却负着建设新国家新社会的非常责任。苦痛愈深，责任愈大。让这小刊物成为苦痛时的慰藉，工作时的参考，休息时的消遣吧。

我们诚恳地希望读者和我们合作。大家来做个朋友，共同研究，共同讨论。这是刚开辟的园林，它的繁茂全靠大家合力的灌溉。

给亡妻（手记）

姊呀，请你祝福我，帮助我驱除览稿之念，好让我平安地过活，把你的爱女养大成人。她，是你所爱的。

姊，到现在我才发现我是怎样地爱你。我为你半年来泪却未曾干。我呼唤你的名字，但你不答应，因此我更悲伤。

我想忘了你，我不能，所以我便写胡乱的字在这本簿子上。好像是写成文字之后，影像便会更淡似的。且试试看吧，我希望能够忘了你。

姊姊哟，现在这两个字于我是多么亲热。孩子曾数次问我，我叫你什么，我说我叫她姐姐，她不信。这一点在孩子将永远成为谜的。

你写给我的信，我看不懂。我只记得这二句："生姜苦殊却尝够，问问你来为甚同。"姐姐，你痛苦，现在我更痛苦。

姐姐哟，我爱你的头发，因为它们是很长。我把它当作蓊郁的树荫，以为在那被找到荫丛了呢。姐姐，你去了，随着我失去了你的头发。姐姐，你应懊悔，不曾把美丽的头发缠住我的头颈，叫我跟你同去。

姐姐哟，想起你的肉身不是不敬么？不，姐姐，你不会怪我的。因为你是我肉中之肉啊！

姐姐啊！假如你在，我们将可以住一间新屋子，前面有花，后面有菜。孩子长大得可爱，你看，我们是多幸福。

为了孩子，所以我不能跟你去呵，亲爱的姐。我打算再活十年。那时孩子十六岁，勉强可以嫁人。我便可跟姐姐一道了。

姐姐呵，我是怎样渴想吻你啊！但是现在黄土掩埋了你的脸。姐姐，你应当懊悔。你以前不肯吻我。我是你亲爱的弟弟，为何不吻我？

我们结婚只有十年，但是姐姐算来算去说有十二年，不知怎样算的。

姊姊的面貌在我生疏了。因为我总共没有半年的见面。姐姐，我真懊悔。

我现在向谁说我爱姐姐。除非在你的坟前。世上没有人记得你。孩子一次说得真乖。我问她记得妈妈么？她回答记得的，说就是到明年也还记得的。但是大了之后，当然忘了。

你想我怎样来纪念你，姐啊。我的想法可惜都行不通。我想把你的坟墓搬到青山绿水的地方，那附近没有行人来往。我要在坟上亲手写镌下小小的墓碑，文字是这样的：

呜呼书姊
十□失恃
十□失怙

二十从余
三十而殁
世无哀者
惟弟念之

下题弟沐手立。

姐姐，上次在箱中看到你的红绒的衬衫，那是我们结婚的时候穿的。姐姐，人不如衣久啊。

姐姐，为了你，我陷入悲哀的深渊中了，我失了一切的理智和能力。我也许因此失去我的职业，都是为了纪念姐姐。

姐姐啊，帮助我解除无用的烦恼。让我重想做人吧。帮助我使我快乐，使我得到满足，因为我不能死，还有姐姐的孩子。

姐姐，吻我呢，在梦中吻我。姐姐啊，我梦见你了。一次，我梦见姐姐的身体，那是这样可爱的。一次我梦你脸削瘦如病人。还有很多次，我忘了。姐姐，多给我几个梦，我要抱吻你。

姐姐，我要跪在地上，伏在姐姐的胸前。姐姐啊，你的胸是何等可爱。我现在要跪在地上，但我所亲着的只是泥土。因为泥土已掩了你的胸。

姐姐，假使你在，你叫做什么都干。只要为了姐姐的快乐。但是现在我什么都懒于，因为姐姐已不知快乐。

姐姐啊，让我称呼你十万声，等到这名词于我生厌，那时我会忘了姐姐，那时我便会好好儿生活。姐姐，亲爱的姐姐，姊姊呢。

我爱写这“姊”字。因为“姐”字你不熟习。

照理姊姊爱我应当不比你自己的弟弟好。因为你们相处了二十年，而和我仅十年。况且总共见面的日期不到半年。但是姊姊爱的是我。

姊姊，现在我右手有一个伤疤。但是我并不以为难看，因为这是纪念我的姊姊。我在我的肉上刻我姊姊的纪念。

我是爱姊姊的，但没有人知道我爱你——现在有人知道些了——姊姊，假如你在，我要对任何人说我爱你。

以上四月八日五时

姊姊，你的名字是护卫我的护身符，帮我辟除阴恶不吉的念头。念着姊姊的名，我觉得幸福。姊姊啊，我还不曾称呼你到一万声，我便心轻了许多了。姊姊，刚才我出去，我向着田野跑。天空原是一片阴沉，但走了几步之后，便有一抹的斜阳照着我的脸。在途上我遇见女人，并没有做不良之念，这是姊姊的祝福，我想。我安慰了。姊姊，帮助我，使我坚强……

姊姊啊，三十过后是老年，则你在三十死去，正得其时。以前我自私，希望我在六十死去。但是我希望你死在我的前面，因为我爱你。现在我的希望满足了，你死在我的前面。姊姊啊，你在我的眼中永远是年轻。姊姊的脸是永远那样美，姊姊，假使你活到老，也许我们相对无欢的。姊姊，我可惜的是我不认识你姑娘的时代。那时应当更美。姊姊，我真懊悔。我怎地忽略你在三十岁那几个年头。啊，姊姊你是永远年轻的。

姊姊，我们是多可笑，我们屡次谈到离婚。我是太爱你了。所以要离婚。姊姊，你知不知道弟弟是怎样想。我要名义上和你离婚，给你完全自由，而我仍然忠诚每年按时来拜望你，伏在姊姊的胸前。但是现在岂又比离婚好得多。弟弟永远是爱你的。

姊姊，我在你面前的撒娇，在别人前装得出么！我不知道。姊姊，因为你是姊姊啊，所以我爱你。姊姊应当爱护弟弟的。

八日五时半

姊姊！许多事想起真苦痛。姊姊，你没有因为我在早晨多留片刻。说是给别人笑话。姊姊，你身体多病，你每每贪一刻的睡眠，但是又不容你贪眠。我呢，我愿意姊姊多给我一分钟，而姊姊复迅速起身了。想起这些，我难过了。

姊姊啊，在我的眼睛里你是聪明而又能干。姊姊会措辞而我拙讷，姊姊懂事而我不谙世故。姊姊，你是我的右手。我失却了扶持了。

姊姊，你看我多爱你。想着我曾经有你这样的姐姐，我便微笑。在街上，我看到许多女人，我心里也起些不端之念。但想起姊姊来，好像一片光明笼罩住我，我便肃然了。姊姊啊，我的姊姊，我没有言语说出我对你的爱，我只能轻轻地唤你的名字。

姊姊，昨天我到市中心去玩，那儿有很好的马路，很好的花园，清爽的空气，明亮的阳光，也有整洁的房子。姊姊，以前我曾想，假使和你一起住在这文静的地方，我们可以尽情戏谑，尽情地乐。我们眼看我们的孩子长大，我们是多幸福。姊姊啊，别人说你没有福气，我却是说我没有福气。这样好的姊姊是不配给我的。亲爱的姊姊啊，你知道我是如何的伤痛，我没有一天不想起你。以前和我好的朋友，连父母我都撇开了，我只纪念着姊姊，姊姊啊，你是我的灵魂，我的生命哪。

我在公园里看到一个女子和她的孩子在散步，在玩，我想到你。本来，我们也是幸福。我们的幸福超过别人的，因为姊姊是纯洁高尚，而我也是纯洁高尚的。姊姊啊，我发现我自己的优点。姊姊是镜，我在姊姊的镜中才照见我自己纯洁的灵魂。姊姊啊，我称你一万声都不够。

去年，秋末冬初，我惯在口口路徘徊散步，我望着贫民窟的家庭。我羡慕他们。只要姊姊在，我们住在破烂的房子里也是幸福的。姊姊是灯，姊姊是光明，姊姊的存在照明我的黑暗，在姊姊的面前我是快乐的。

姊姊，明天是四月初一了。今天我和你知道的那位姓陈的女的一同去散步，散到乡间，一路都很臭。我看到了小豆花，小豆应当结子了。姊姊，我想起这时候，我偷闲借着借口回家来望你。只有三天。姊姊，我现在只记得你的一句话和你的眼泪。姊姊说："我知道你的心是好的。"但是姊姊哭了。我心里多难过。想不到那是姐最后的眼泪。姊姊啊，当然我的心是好的。不好怎么恋着你。我知道我是纯洁的，正直的，但是我不幸。我丧失了你了。

姊姊啊，想起我们结婚之夕。我是多么的不懂事。姊姊，我心惊了，我望着姊说不说（出）话。但是这因为（与）女性初次的接触。那时我没有爱你，我在唇边还呼着别人的名字哩，姊姊，我懊悔了。十年来我错过了幸福。我们把青春在无知中渡过了，姊姊，我多懊悔。

但得姊姊在，我便怎样磨折也甘心。姊姊啊！我可以跪在你的前面，我听你的吩咐。但姊姊口中不会有为难的事嘱咐我做的。我的大姊，我的表姊啊，我要怎样说明我爱你。

姊姊，想起别人的侮辱，都是我的罪孽。姊姊不生孩子，只有我与姊姊两人是明白的。这可以对别人说，对别人辩明吗？假使我们结婚后就生孩子，孩子应当是十多岁了。姊姊，我没有对你忏悔我的罪，等待姊要有一个儿子时，我算应了你的要求，但是姊姊又懊悔了。这未来的孩子的赘累，说是害你不得自由啊。姊姊，这几桩事我都没有懊悔。假使姊留下一个初生的孩子给我，那叫我怎样办呢。

姊姊，我把幼年的时候细细想起了。我想起八岁和十几岁的时候。但是这些记忆在十四岁的年龄便断了。姊姊的十五六岁时是怎样的，我懊悔那时不认识姊姊。亲爱的姊姊，怎么你在我是这般生疏！

我想到姊姊看了孩子的欢乐，我也欢乐。姊姊不担心孩子的将来，好似有把握似的，而我不然。

姊姊不能再活过来，真是可惜的事。姊姊此时只有一堆骨头了。倘使把它们裹在荷叶里，使它重生，我多欢喜啊。

死后没有灵魂，真是悲哀不过了。这样，姊姊是没有了。我亲爱的姊姊会化成没有，叫我怎样安慰我自己呢。

姊姊，再（最）后一次见姊姊的时候，是在四月间。快一整年了。听到姊姊死去的消息是在七月间。姊姊这两节期在我是多悲痛。

姊姊不吻我的脸。姊姊是口的。姊姊没有对我做什么要求。姊姊是太爱我了。

今晚我从×××回来，好像受了委屈。姊姊，我对谁诉说我的委曲，姊姊安慰我，姊姊知道我的好处和缺点。好处该颂扬而缺点能原谅的。

姊姊，我想了一件事情，我要买几瓶好酒，放在人不知的地方，我每晚临睡时偷喝个醉。这样我可以忘却痛苦，但我又怕弄（坏）了身子，因为我的身体还有用。

喝酒也是纪念姊姊。因为姊也爱喝一杯两杯的。以前，我不欢喜姊喝酒，喝了酒脸红红眼一斜一斜的。姊给我酒喝我都不喝。我不知道为什么原因不高兴姊喝酒，大概因为女人喝酒会不规矩的。

我变得笨了，见人讷讷说不出口。姊姊是聪明的。姊姊会说话。我爱姊姊聪明的话。

我时常有许多幻想，幸福的幻想。去年，我在杭州的时候，我预备在今年春天我和你住在湖社里，那里房租不贵，菜也便宜，空气也好，附近有小学，孩子可读书，我和姊姊一起，天天玩。我们在白天接吻。我们同坐在小船里手牵着手，我要在人前夸耀我爱我的妻。

近来我校阅了好几片（篇）牢狱生活的文章，我倒想坐坐牢狱的。我倒尽（情）愿挨鞭受苦，因为我的心里是太苦了。肉体的苦痛有时会分轻心的苦痛的。但是我不能（坐）牢狱，我必得在别人的面前装着坚强镇定的样子，其实我的心早就病了。

有了好好的家，不能回去。失去了姊姊便是失去了家。我能叫母亲替我洗衣烧饭服侍我吗？因此我不能回家。有了好好自由自在的事，我又不能好好地做。我不能在人前低头受屈辱，但是在做事前时候必然要受屈辱的，就是在朋友面前也要受屈辱。单说×××……他们吧，简直瞧我不起，因为他们有地位有钱。

死实在想死，留下孩子怎样办？所以我必得再等十年。这十年的日子可难过。我做事还只有五年，就已经厌倦得不得了。十年，做什么事呢？

只有有钱的人才可过活，他们可以吹牛，倒开心。我呢，在有些人看来很好，实际很穷。倘使中了航空奖券，便再活十年看。

倘使姊姊活下去，我们便幸福了。倘使姊姊不留给我一个孩子，我也幸福，当然我可以和姊姊一道去了。但是姊姊偏留我这样小的孩子，我撇不开，却又管不了，真是困恼的事。

对姊姊的爱真是无限的。我天天想念着姊姊，成了习惯了。这样我会变成了傻子，这怎么好！

我会成了“憎世者”么？那是可怕的名词。但我的确看到人家有几分嫉恨，连朋友都嫉恨起来了。在别人面前，我须得留心这些调子。“憎世者”，“厌世者”，“多情善感”，Seninertal，“诗人”，这些都是侮辱的名词。可是我自己却确有那些倾向的。

说是朋友吧，愈来愈少了。以前真心待人的，耽误了自己。现在我没有这一片热情了。想来目前真是凄惨，朋友没有了，父母跟前也难诉苦。姊姊去了，真是没有一个亲的人。

在姊姊面前流泪，我想不算丢脸的。姊姊在我面前流泪，也不算丢脸。姊姊上次为何对我哭了，莫非有死的预感？姊姊竟在我的怀中抽咽起来，在平时，我要生气了。但是在那时候我的眼泪含了两眶。

姊姊说我欺负她，其实我一向没有这存心的，一向是爱姊姊的。不过在当初为了××血迷心窍，竟不理会姊姊，令她受了好多苦。

在报上看到周瘦鹃死了儿子，写了人间可哀录，他的朋友还有平（话）诗词，看了觉得肉麻，非常反感。我想倘使我对别人诉说我死了姊姊的痛苦，别人也一定同感的。我应当抑制我自己的哀伤。

我想姊姊的坟上一定冷清。我一次吻着那墓石，一种泥土的气息压着我的唇。姊姊睡在土中，姊姊的唇变土了。我永远寻不着你的唇。

去年八月间，我还能写美丽的散文，恍如对姊的死无感。现在却心乱得很，好像受了一阵毒打。当初失去知感，现在渐渐痛起来了。

姊姊，今早我醒来时，好像姊站在我的身边，肥了一点。姊说些什么我忘了。我伸手抱你，却又没有了。

姊姊，昨天我看了电影，我为了欢乐而流泪了。

春野

江风吹过寂寞的春野。

是余寒未消的孟春之月。

本来，我们不是牵上双手么？

沿着没有路径的江边走去，目送着足畔的浪花，小蟹从石缝中出来，见人复迅速逃避。

畦间的菜花正开。

走到这古废的江台前面，我们回来，互相握紧着双手。

江风吹过葱茏的春野。

是微燠的仲春之月。

本来，我们不是靠坐在一起，在这倾斜的坡前？

我们是无言，我们拈拨着地上的花草：紫花地丁，蒲公英，莎草，车前。

当我看见了白花的地丁而惊异得算是一种空前的发现时，你笑我，因为你随手便抓来几朵了。这并不是稀珍的品种。

将窃衣的果实散在你的头发上，像吸血的牛蝇粘住拉不松去。

你懊怒了。

用莎草的细梗在地面的小圆洞洞里钓出一条大的肥白的虫来，会使你吓一大跳。我原是野孩子出身啊！

蒲公英的白浆，在你的指上变黑了。

江风吹着苍郁的春野。

春已暮。

本来，我们不是并肩立在一起，遥数着不知名的冢上的纸幡？

纸钱的灰在风中飞舞。过了清明了。

在林中的一角，我们说过相爱的话。

不，我们只不过说过互相喜悦的话罢了。

你的平洁的额际的明眸，令人想起高的天和深的湖水。我在你的瞳睛中照见我自己的脸，我爱你的眸子啊！

你也在望着我的眼睛，但它们是鲁钝、板滞、朦胧。

“我便爱你这板滞和朦胧啊！”

感谢你给我的幸福。

江风吹过寥落的春野。

过了一年，两年，十年，我们都分散了。

也许我们遇见竟不会相识。

现在，只有我一人踏过这熟识的春野。

我知道这郊野的每一个方角。且喜这山间没有伸进都市的触角来呢。那边是石桥，一块石板已塌到水里去了。那边有一株树，表皮上刻着我不欢喜的而你也不欢喜的字，随着树皮拉长开来，怪难看的——因此我恨削铅笔的小刀，到现在我都没有买过一把——目前也许拉得更长了。还有被我们烧野火时燔毁了的石条，缝中长出了荆棘罢。

雨后润湿的地土，留下我的脚印。印在这地土上的，只有我的孤单的脚印。

豌豆的花正开。

脸上扑过不知名的带着绒毛的花的种子。

高的天和深的湖水令我想起你的眼睛来呢。

我仍是赍负着这板滞的朦胧的眼睛。红丝笼上了它们的巩膜。不久，我会失去这朦胧的眼睛，随着我的所有。

我会忧郁么？不，既然你是幸福。

我不过偶然来这郊原罢了。

一九三五年

梦

迅疾如鹰的羽翮，梦的翼扑在我的身上。

岂不曾哭，岂不曾笑，而犹吝于这片刻的安闲，梦的爪落在我的心上。

如良友的苦谏，如恶敌的讪讥，梦在絮絮语我不入耳的话。谁无自耻和卑怯，谁无虚伪和自骄，而独苛责于我。梦在絮絮语我不入耳的话。

像白昼瞑目匿身林中的鸱枭受群鸟的凌辱，在这无边的黑夜里我受尽梦的揶揄。不与我以辩驳的暇豫，无情地揭露我的私隐，搜剔我的过失，复向我做咯咯的怪笑，让笑声给邻人听见。

想欠身起来厉声叱逐这无礼的闯入者。无奈我的仆人不在。此时我已释了道袍，躺在床上，一如平凡的人。

于是我又听见短长的评议，好坏的褒贬，宛如被解剖的死尸，披露出全部的疤点和瑕疵。

我不能耐受这絮语和笑声。

“去吧，我仅须要安详的梦。谁吩咐你来打扰别人的安眠?”

“至人无梦哪!”调侃地回答我的话。

“我岂讳言自己的陋俗，我岂需要你的怜悯?”

“将无所悔么?”

“我无所悔。谁曾做得失的计较?”

“终将有所恨。”

“我无所恨。”

梦怒目视着我，但显然有点畏葸。复迅疾如鹰的羽翼，向窗口飞去。

我满意于拒绝了这恐吓的试探。

“撒旦把人子引到高处，下面可以望见耶路撒冷全城。说，跳下去罢。”

他没有跳。

我起来，掩上了窗户。隐隐望见这鹰隼般的黑影，叩着别人的窗户。

会有人听说“跳下去罢”便跳下去的罢。

一九三六年三月

松明

没有人伴我，我乃不得不踽踽踯躅在这寂寞的山中。

没有月的夜，没有星；没有光，也没有影。

没有人家的灯火，没有犬吠的声音。这里是这样的幽僻，我也暗暗吃惊了。

怎样地我游山玩水竟会忘了日暮，我来时是坦荡的平途，怎样会来到这崎岖的山路？

耳边好像听见有人在轻语：“哈哈！你迷了路了。你迷失在黑暗中了。”

“不，我没有迷路，只是不知不觉间路走得远了。去路是在我的面前，归路是在我的后面，我是在去路和归路的中间，我没有迷路。”

耳边是调侃的揶揄。

我着恼了。我厉声叱逐这不可见的精灵，他们高笑着去远了。

萤火在我的面前飞舞，但我折了松枝把它们驱散。小虫，谁信你们会做引路的明灯？

我于是倾听淙淙的涧泉的声音。水应该从高处来，流向低处去。这便是说应该从山上来，流向山下去。于是我便知道了我是出山还是人山。

但是这山间好像没有流泉。即使有，也流得不响。因为我耳朵听不到泉涧的声音。

于是我又去抚摸树枝的表皮。粗而干燥的应是向阳，细软而潮润的应是背阴，这样我便可以辨出这边是南，那边是北。又一边是西，另一边是东方。

但是我已经走入了蓊密的森林里。这里终年不见阳光，我便更也无法区辨树木的向阳与否。

我真也迷惑了。我难道要在山间过夜，而备受这刁顽的精灵的揶揄。也许有野兽来跑近我，将它冰冷的鼻放在我的身上，而我感到恶心与腥腻？

我终于起来，分开野草，拿我手里的铁杖敲打一块坚硬的石。一个火星迸发出来。我于是大喜，继续用杖敲打这坚石，让星火落在揉细的干枯的树叶上。于是发出一缕的烟，于是延烧到小撮的树叶，发出暗红的光。我又从松枝上折得松明，把它燃点起来，于是便有照着整个森林的红光。

我凯旋似的执着松明大踏步归来。我自己取得了松明引路的灯火。这光照着山谷，照着森林，照着自己。

脑后，我隐隐听见山中精灵的低低的啜泣声。

灯

院子里的鸡缩头缩脑地踱进埘里去了，檐头嘁嘁喳喳的麻雀都钻进瓦缝里，从无人扫除的空楼的角落，飞出三三两两的蝙蝠，在院宇的天空中翻飞。蝙蝠可说是夜和黑暗的先驱，它的黑色带钩的肉翅，好像在牵开夜的帏幕，这样静悄悄的，神秘的。

这时候，这家里的年轻的媳妇，从积满尘垢的碗碟橱的顶上拿下一个长嘴的油壶，壶里面装着点灯的油。她一手拿壶，一手拿灯，跑到天井跟前——那里还有暗蒙的微光——把油注在灯瓢里面。她注了一点，停一停，把灯举得和眼睛相平，向光亮处照一照，看看满了没有，拿下来再加一点油，复拿起照了照，又加上一点，等到灯里的油八分满的样子等到油面和瓢缘相差二分的样子，才住了手。一边把油壶放还原处，一边顺手在一只破灯笼壳里抽了两条灯芯，把它浸在油里，让灯芯的一端露在瓢外二分长短，而另一端则像两道白色的尾巴翘着。

少妇把灯放在灶突上。这是灶间的中心点。不论从哪一方量来，前后也好，左右也好，上下也好，都是等距离。她从来没有想到这所在是室内的正中心，只觉得放在这里很好，便放在这里了。她每次这样放，月月如此，年年如此，毫不以为异。

少妇没有伸手点灯，只是在灶门口坐下。灶里还有余火，吐着并不逼人的暖气。锅里的饭菜熟了，满室散着饭香。她把孩子拖到身边来，脸偎着他，若有所待地等着。等着谁呢？不，她只等着天黑，伸手不见五指的天黑。她要等天黑尽时方才举火点灯。她知道就是一滴的灯油也是不能浪费的。

我先来介绍这灯罢。这是一盏古式的青油灯。和现在都市里所见的是大不相同了。我怀疑我的叙述在人们听来是否有点兴趣，我怀疑我的介绍是否不必要地多余，并且能否描写得相像。说到这里我便想到绘画的长处，简单的几笔勾撇，便能代表出一个完美的形廓，而我则是拙于画笔者。这灯在乡间仍被普遍地用着。“千闻不如一见”，假如你有机会到我们山僻的地方来时，便会知道这是怎样的一个形状了。

灯的全体可以分成两部分。一部是灯瓢，那是铁铸的像舀子或勺子的东西，直径四寸左右。乡间叫作“灯碟”，因为形状如盏碟，而它的功用在于盛油，如同碟子盛油一样。碟的边缘上有一个短柄，这是拿手的地方。这碟子是铁铸的。我曾想过假如换上了海螺的壳，或是用透明的琉璃，岂不是更美丽吗？不，铁铸便有铁铸的理由：盛油的家伙是极易粘上灰尘的，每隔四天五天，碟缘上便结了一圈厚腻黝黑的东西了，那时你用纸去擦么？这当然是费手脚的事。所以当初灯的设计者，用生铁铸成灯碟，脏了，只要把油倾去，用铁钳把碟子钳住，放到灶火里去烧一阵，烧得通红，拿出来放在水钵里一浸，“嘶……”地冷却之后，便焕然一新，如同刚买来的一样。这样，一个灯碟可以用得很久——烧着浸着，生铁是烧得坏的么？你想——“旧的东西都经久耐用。”这便是简朴的乡民一切都欢喜旧的理由。

灯的另一部分是灯台，一个座子。在这儿，装饰的意味是有重于实用了。座台的华丽简朴随灯而异。普通的形式是上下两个盘，中间连接着一根圆柱。底盘重些大些，上盘便是承灯瓢的坐垫，柱子则是握手的地方。灯座有瓷制的，也许有铜铸的，而我在这里所描写的则是锡的。在灰白的金属表面镶嵌着紫铜的花纹，图案非常古老。其中有束发梳髻宽衣博袖的老头，有鸟，也有花和草，好像汉代石室中壁画的人物。这工作倒是非凡精细的，大概是从前一个偏爱的母亲，在女儿出嫁的前几年，雇了大批的木匠漆匠铜匠锡匠，成年成月地做着打着，不计工资而务求制品之精巧，这灯檠便在许多的锡器中间被打成了。这些事在我们后辈当然无从知道。我只知道这座灯檠是这家的祖母随嫁带来的。是否这祖母的母亲替她的女儿打造的呢？那又不得而知。也许还是这祖母的母亲的嫁奁。在乡间，有多少的器皿都保留着非常古远的记忆。这儿，数百年间不曾经过刀兵，也没有奇荒奇旱，使居民转徙流亡，所以这儿留存着不少先民的手泽，甚至于极微小的祭器或日用的东西。有一次，一位远房的伯父随手翻起一只锡制的烛台，底面写着一行墨笔字，“雍正七年监制”，屈指一算！——历朝皇帝的年号和在位的久暂，他们都很熟悉的——该是二百年了。而仍是完好地被用着，被随便地放在随便的角落，永久不会遗失。话说得远了，刚才我说这灯檠是祖母随嫁带来这家里的。后来这祖母的女儿长大了，这灯檠复随嫁到另一姓。那位女儿又生了女儿，女儿长大之后，又嫁给祖母的孙孙，灯檠复随嫁回到这祖母的屋子里来。这样表姊妹的婚姻永远循环继续着，“亲上加亲又是亲上加亲的”，照着他们的说法。所以几件过时的衣服，古旧的器皿，便永远被穿了新衣服抬嫁妆吃喜酒的不同时代的姻亲叔伯，永远地在路上抬来抬去，仍旧抬回自己的老家。我真想说山乡的宇宙是只有时间而没有空间的。这看来很可笑么？我倒很少要笑的意思，除开某种的立场，我是赞成这种婚姻的。你想，一位甥女嫁到外婆的家，一切都熟识，了解，谐和，还有什么更好的么？

不用说，坐在灶前的媳妇，便是祖母女儿的女儿了，她来这家里很幸福，大家都爱她，丈夫在外埠做工，在一定的时候回来，从来没有爽约。膝前的孩子则已经四岁了。翁姑——她的舅父舅母——都还健在。

天黑了，伸手不见五指的黑。她推开孩子，拿一片木屑在尚未尽熄的灶火中点着，再拿到灯边点起来。蓦然一室间都光明了。“一粒谷，撒开满堂屋。我给你猜个谜儿，你猜不猜？”“灯，灯”，连说话未娴熟的四岁的孩子都会猜谜儿了。且说灯点着了，这灯光是这样的安定，这样的白而带青，这样的有精神，使这媳妇微笑了。“太阳初上满山红，满油灯盏统间亮”，她在心头哼着儿时的山歌，她，正如初上的太阳，前面照着旭红的希望；她，正如满油的灯，光亮地，精神饱满地，坚定地，照着整个房间，照着她的孩子。所以她每次加油的时候，总要加得满满的，因为这满油的灯正是她的象征。

灯光微微地闪了。这家的舅父和舅母走进灶间来，在名分上他们是翁婆。可是她沿着习惯叫。这多亲热的名词。到了年大的时候要改口叫声“婆婆”，多么不好意思！而她避免了这一层了。她真想撒娇向他们要这要那呢！可惜已成了孩子的母亲。她看见他们进来了。她揭开锅盖，端出菜和饭。热喷喷的蒸气使灯光颤了几颤。她的舅父说：“一起吃了便好。”而她总是回答：“你先吃"，她真是懂得如何尊敬长辈的。每逢别人看到这样体贴的招呼，总要说一声："一团和气哪。"

饭吃半顿的样子。"剥剥剥"，有人敲门了。舅母坐在门边，顺手一开。头也不用回便说："二伯伯请坐。"二伯伯便在门槛坐下，开始从怀中摸出烟包，掐出一撮烟用两指搓成小球，放在烟管上。

"剥剥剥"，又敲门了，这是林伯伯。他们俩不用打招呼，便一个先一个后。从来不会有迟早。他们夜饭早吃过了。他们总在天未黑的时候吃的，吃过之后，站在门口望着天黑，然后到这家里来闲谈。有时这家里的媳妇招呼他们一声说："吃过么？"二伯伯便老爱开玩笑地说："老早，等到今天！"他的意思说："我早就吃过了，我昨天便吃过了。"

二伯伯和林伯伯在一起，话便多了。他们各人把自己的烟管装满，拿到灯火上面燃点，"丝丝……"地抽着。

他们谈到村前，谈到屋后，谈到街头，谈到巷尾。真不知他们从哪里得到许多消息。好像是专在打听这人间琐事，像义务的新闻访员。

第一筒烟吸完了。又装上了第二筒。二伯伯口里衔着烟嘴，一边说话，一边把烟管放在灯花上点火，手一偏险些儿把灯火弄熄了。他的谈话便不知不觉地转到灯上来。

"我有一次到城里去。他们点的都是洋灯，青油灯简直看不到。他们点的是洋油，穿的是洋布，用的是洋货，叫人看得不服眼。"

"他们作兴点洋油，那有什么好处。洋油哪里比得上青油！——这屋子里点的是青油——洋油又臭，又生烟，价钱又贵，风一吹便熄，灯光也有点带黄。青油呢，灯花白没臭气，又不怕风，油渣还可以做肥料。洋油的油渣可以做肥料么？"

“是啊！我说城里人不懂得青油的好处。譬如说，我们一家有两三株乌柏树，每年你不用耕锄，不用施肥，可以采几石柏子，拿到油坊里去，白的外层剥下来可以制蜡烛，黑的芯子可以榨青油。柏子的壳烧火。这些都是天的安排，城里人哪里懂得。”

第二筒烟又完了。现在放到灯上是第三筒，林伯伯忽然指着浸在油里的灯芯，说：

“灯芯只要点上一根便够了。两根多花一倍油。”

“因为伯伯们在这儿，点得亮点，给伯伯点烟。”媳妇说。

“讨扰讨扰。”

谈话又移到灯芯上面。二伯伯和林伯伯谈着灯芯是怎模样地长在水边的一种草，便是编席子的草。灯芯还可以做药。又说有一种面，很脆很软，像灯芯大小，叫作灯芯面。

“蟹无血，灯芯无灰，这怎么讲？”媳妇插进一句。这时舅父们早已放下筷子。她在替孩子添菜，催他快吃。

“你看到蟹有血没有？你知道灯芯灰是怎样出典的么？”

二伯伯一面装烟一面讲：

“从前有一个少爷，父亲是做过大官的——什么官，六品官。（他以为品级越多，官越大）做官的人家是有钱的，金子，银子，珍珠宝贝，数也数不清……却说这位少爷在十六七岁的年头病了，非常厉害的病症。你知道他生的什么病，做官人家还会缺少什么，有什么不如意的么？原来他只怀着一桩心事，就是愁着父亲留给他这许多钱怎样用得了，这时候他的父亲已经死了，只有这孩子的母亲。他是独养子，所以爱惜得是不消说的。真的倘使这孩子说要天边的月，他母亲便会毫不迟疑地雇工造个长梯子，派人去摘下来的。可是孩子并没有想摘月亮，他只愁着钱用不了。

“孩子病着愁着，脸孔黄起来。母亲的担忧也确实不少。她求神许愿，都没有效果。看看一天黄瘦似一天了。

“忽然，有一天，这位宝宝高兴起来，喊他的妈妈说：‘妈妈，我要吃一只鹌鹑。’

“他的妈妈欢喜得不得了，忙说：‘这容易办，这容易办。叫人立刻预备……’

“‘不过，’孩子说，‘妈妈，我的鹌鹑要放在石臼里炖，上面盖着石盖。石臼底下要用灯芯来烧，别种烧法我可不爱。’

“痴心的母亲吩咐照做了。她盼望会有奇迹似的石臼里的小鸟突然炖熟了，她便可以拿去给她的儿子，吃了之后，病便会好。

“于是大批的金子银子拿去购买灯芯，灯芯涨价了，连家用点灯的灯芯都被收买了去，整车整船的灯芯运到显宦的府邸，都烧在石臼底下，奇怪，烧了几许的灯芯竟没有一撮灰。……”

“这鹌鹑炖熟了么？”媳妇问。

“你想烧得熟的么？”

“孩子后来怎样？”

“你想他后来怎样？”

大家没有说话。这故事流传在乡间，也不知几十百年，不知经过多少人的口，入了多少人的耳。所以这故事完后一点也不见得紧张。媳妇在这时候正洗着锅子。不一会儿灶头抹净了，舀一盆热水洗手，又把快要睡去的孩子擦了一把脸，解下腰上的围裙，拿一根竹签子剔一剔灯花。

伯伯们都告辞了。他们还要到别家去闲谈，把说过的话重说一遍。

媳妇一手提了灯，一手牵了孩子，施施然向自己的卧室走去。

私塾师

今年的春天，我在一个中学里教书。学校的所在地是离我的故乡七八十里的山间，然而已是邻县了。这地方的形势好像畚箕的底，三面环山，前一面则是通海口的大路，这里是天然的避难所和游击战的根据地。学校便是为了避免轰炸，从近海的一个城市迁来的。

我来这里是太突兀。事前自己并未想到，来校后别人也不知道。虽则这地方离我家乡不远，因为山乡偏僻，从来不曾到过。往常，这一带是盗匪出没的所在，所以如没有什么要事，轻易不会跑到这山窝里来。这次我来这学校，一半是感于办学校的师友的盛意，另一半则是因为出外的路断了，于是我便暂时住下来。

这里的居民说着和我们很近似的乡音，房屋建筑形式以及风俗习惯都和家乡相仿。少小离乡的我，住在这边有一种异常亲切之感。倘使我不是在外间羁绊着许多未了的职务，我真甘愿长住下去。我贪羡这和平的一个角落，目前简直是归隐了，没有访问，没有通信，我过着平淡而寂寞的日子。

有一天，一位同学走进我的房间，说是一位先生要见我。

这使我很惊讶。在这里，除了学校的同事外，我没有别的朋友。因为他们还不曾知道我，在这山僻地方有谁来找我呢？我疑惑着。我搜寻我的记忆，摸不着头脑，而这位先生已跨进来了。

他是一位年近六十的老人，一瞥眼我就觉得很熟识，可是一时想不起来。我连忙让座，倒茶，递烟，点火，我借种种动作来延长我思索的时间，我不便请教他的尊姓，因为这对于素悉的人是一种不敬。我仔细分析这太熟识的面貌上的每一条皱纹，我注意他的举止和说话的声音，我苦苦地记忆。忽然我叫起来。

“兰畦先生！”

见我惊讶的样子，他缓慢地说：

“还记得我吧？”

“记得记得。”

我们暂时不说话。这突如的会面使我一时找不出话端，我平素是那么木讷。我呆了好久。

兰畦先生是我幼年的私塾师。正如他的典雅的别号所表示，他代表一批“古雅”的人物。他也有着“古雅”的面孔，古铜色的脸，端正的鼻子，整齐的八字胡，他穿了一件宽大的蓝布长衫，外面罩上黑布马褂。头上戴一顶旧皮帽，着一双老布棉鞋。他手里拿了一根长烟管，衣襟上佩着眼镜匣子——眼镜平常是不用的——他的装束，是十足古风的。这种的装束，令人一望而知他是一个山里人，这往往成为轻薄的城里人嘲笑的题材，他们给他一个特别的名称“清朝人”，这便是“遗民”的意思。

他在我家里坐馆，是二十多年前的事。现在我想起私塾的情形，恍如隔了一整个世纪。那时我是一个很小的孩子，父亲把他的希望和他的儿子关在一起，在一座空楼内，叫这位兰畦先生督教。我过的是多么寂寞的日子啊！白天不准下楼，写字读书，读书写字。兰畦先生对我很严厉：破晓起床，不洗脸读书；早饭后背诵，点句，读书，写字；午饭后也是写字，读书；天黑了给我做对仗，填字。夜间温课，熬过两炷香。我读着佶屈聱牙的句子，解说着自己不懂而别人也不懂的字义。兰畦先生有时还无理地责打我，呵斥我，我小小的心中起了反感和憎恨。我恨他的人，恨他的长烟管，恨他的戒尺，但我最恨的是他的朱笔，它点污了我的书，在书眉上记下日子，有时在书面上记下责罚。于是我便把写上难堪字样的书面揉烂。

自他辞馆后，我立意不再理睬他，不再认他做先生，不想见他的面。真的，当我从外埠的中学念书回来，对于他的严刻还未能加以原谅。

现在，他坐在我的面前，还是那副老样子。二十多年前的老样子。他微笑地望着，望着他从前责打过的孩子。这孩子长大了，而且也做了别人的教师。他在默认我的面貌。

“啊，二十多年了！”终于我说了出来。

“二十多年，你成了大人，我成了老人。”

“身体好么？”

“穷骨头从来不生病。我的父亲还在呢，九十左右了，仍然健步如飞。几时你可以看到他。”他引证他一家人都是有极结实的身体。

“真难得。我祖父在日，也有极健康的老年。”我遂把他去世的事情告诉他。

“他是被人敬爱的老人。你的父母都好么？”

“好。”

“姐妹们呢？”

“都好。”

他逐个地问着我家庭中的每一人。这不是应酬敷衍，也不是一种噜苏，是出于一种由衷的关切。他不复是严峻的塾师，倒是极温蔼的老人了。随后我问他怎样会到这里来，怎会知道我，他微笑了。他一一告诉我，他原要到离此十几里的一个山村去，是顺路经过此地的。他说他是无意中从同学口里听到我在这里教书，他想看看隔了二十多年的我是怎个样子，看看我是否认得他。他说他看到我很高兴，又说他立刻就要动身，一面站起来告辞。

“住一两天不行么？”我挽留他。

“下次再有机会，现在我得走。”他伸手去取他的随身提箧。

我望着这提箧，颇有几斤重量，而且去那边的山岭相当陡峻，我说：“送先生去吧。”

“不必，不必。你有功课，我自己去。”他推辞着。他眉宇间却露出一种喜悦，是一种受了别人尊敬感觉到的喜悦。

我坚执要送他。我说好久不追随先生了，送一程觉得很愉快。我说我预备请一点钟假，因为上午我只有一课。随时可补授的。

窗外，站着许多同学，交头接耳地在议论些什么，好像是猜测这位老先生和我的关系。

我站起来，大声地向他们介绍，说这位是我的先生，我幼年的教师。他现在要到某村去，我要送他。我预备请一点钟假。

同学中间起了窃窃的语声。看他们的表情，好像说：“你有了这样的一位教师，不见得怎么光荣。”

于是我又向他们介绍：“这是我的先生。”

我们走了。出校门时，有几位同学故意问我到哪里去，送的是我的什么人，我特地大声回答，我送他到某村去，他是我的先生。

路上，我们有着琐碎的谈话。他问起我：

“你认得×××么？他做了旅长了。”

“不大认得。”

“××呢，他是法政大学毕业的，听说做了县长。”

“和我陌生。我没读过法政。”

“××，你应该认得的。”

“我的记性太坏。”

“××，你的同宗。”

“影像模糊，也许会过面。”

“还有××？”

“只知其名，未识其面。”

“那么你只记得我？”

“是的。记得先生。”

他微嘘一口气。好像得到一种慰藉。他，他知道，他是被人遗忘的一个。很少有人记得他，尊敬他的。他是一个可怜的塾师。

“如果我在家乡住久些，还想请先生教古文呢。从前念的都还给先生了。”我接着带笑说。

“太客气了。现在应该我向你请教了。”

这句话并没有过分。真的，他有许多地方是该向我请教了。当他向我诉说他家境的寒苦，他仍不得不找点糊口之方，私塾现在是取消了，他不得不去找一个小学教员的位置；他不得不丢开四书五经，拿起国语常识；他不得不丢下红朱笔，拿起粉笔；他不得不离开板凳，站在讲台上；他是太老了，落伍了，他被人家轻视，嘲笑，但他仍不得不忍受这一切；他自己知道不配做儿童教师，他所知道的新智识不见得比儿童来得多，但是他不得不哄他们，骗他们，把自己不知道的东西告诉他们；言下他似不胜感喟。

“现在的课本我真弄不来。有一次说到‘咖啡’两字，我不知道这是什么东西。我只就上下文的意义猜说‘这是一种饮料’，这对么?”

“对的。咖啡是一种热带植物的果实，可以焙制饮料，味香，有提神的功用。外国人日常喝的，我们在外边也常喝的。还有一种可可，和这差不多，也是一种饮料。”

“还有许多陌生字眼，我不知怎解释也不知怎么读。例如气字底下做个羊字，或是（“劲”的左半部）字，金旁做个乌字或白字，这不知是些什么东西?”

“这是一些化学名词，没读过化学的人，一时也说不清楚，至于读音，顺着半边去读就好了。”

他感慨了。他说到他这般年纪，是应该休息了。他不愿意坑害人家子弟，把错误的东西教给孩子们。他说他宁愿做一个像从前一样的塾师，教点《幼学琼林》或是《书经》、《诗经》之类。

“先生是应该教古文而不该教小学的。”我说。

“是的，小学比私塾苦多了。这边的小学，每星期二三十点钟，一年的薪金只有几十块钱，自己吃饭。倒不如坐馆舒服得多!”

我知道这情形。在这山乡间，小学仍不过是私塾的另一个形式。通常一个小学只有一个教师，但也分成好几年级，功课也有许多门：国语，常识，算术，音乐，体操等。大凡进过中学念过洋书的年轻人，都有着远大的梦想，不肯干这苦职业，于是这被人鄙视的位置，只有失去了希望的老塾师们肯就。我的先生自从若干年前私塾制废除后，便在这种“新私塾”里教书了。

“现在你到××干什么呢?”我还不知道他去那边的目的。

“便是来接洽这里的小学位置哟!”好像十分无奈似的。忽然他指着我头上戴的帽子问：

“像这样的帽子要多少钱一顶?”

“大约五六块钱。”我回答。

“倘使一两块钱能买到便好了。我希望能够有一顶。”

“你头上的皮帽也很合适。”我说。

“天热起来了，还戴得住么?”

说话间我们走了山岭的一半。回头望望，田畴村舍，都在我们的脚下。他于是指着蟠腾起伏的峰岭和点缀在绿色的田野间的像雀巢般的村舍，告诉我那些村庄和山岭的名字。不久，我们踅过了山头。前面，在一簇绿色的树林中显露出几座白垩墙壁。“到了。”他对我说，他有点微喘。我停住脚步，将手中提篋交给他，说我不进去，免得打扰人家。他坚要我进去吃了午饭走，我固执地要回校。他于是吐出他最后的愿望，要我在假期中千万到他家去玩玩，住一宿，谈一回天，于他是愉快的。他将因我的拜访而觉得骄傲。他把去他家的路径指点给我，并描出他屋前舍后的景物，使我便于找寻，但我的脑里却想着他所说的帽子，我想如何能在冬季前寄给他。它应是如何颜色，如何大小，我把这些问得之后，回身下山走了。

我下山走。我心里有一种矛盾的想头：我想到这位老塾师，又想到他所教的一批孩子。“他没有资格教孩子，但他有生存的权利。”我苦恼了。我又想中国教育的基础，最高学府建筑在不健全的小学上，犹如沙上筑塔——我又联想到许多个人和社会的问题，忽然听到脑后有人喊。

“喂，向左边岔路走哪。”

原来我信步走错了一条路。这路，像个英文的 Y 字母，来时觉得无岔路，去时却是两条。我回头，望见我的先生，仍站在山头上，向我挥手。

“我认识路的，再见，先生。”我重向他挥手。

窗帘

回家数天了，妻已不再做无谓的腼腆。在豆似的灯光下，我们是相熟了。

金漆的床前垂着褪黄的绸帐。这帐曾证明我们结婚是有年了。灯是在帐里的，在外面看来，我们是两个黑黑的影。

“拉上窗帘吧。”妻说。

“怕谁，今晚又不是洞房。”

“但是我们还是初相识。”

“让我们行合卺的交拜礼吧。”

“燃上红烛呢。”

“换上新装呢。”

我们都笑了。真的，当我燃起红烛来说，“今后我们便永远地相爱吧。”心里便震颤起来。

丝般的头发在腮边擦过感到绒样的温柔。各人在避开各人的眼光，怕烛火映得双颊更红罢。

“弟弟，我真的欢喜。”

“让我倚在你的胸前吧。”

“顽皮呢，孩子。”

“今后，我不去了。”

“去吧，做事，在年轻的时候。”

“刚相熟便分手了。”

“去了也落得安静。”

我在辨味这高洁的欢愉。红烛结了灯花，帐里是一片和平、谧穆。

窗帘并未拉上。

一九三三年

红豆

听说我要结婚了，南方的朋友寄给我一颗红豆。

当这小小的包裹寄到的时候，已是婚后的第三天。宾客们回去的回去，走的走，散的散，留下来的也懒得闹，躺在椅子上喝茶嗑瓜子。

一切都恢复了往日的冲和。

新娘温娴而知礼的，坐在房中没有出来。

我收到这包裹，我急忙地把它拆开。里面是一只小木盒，木盒里衬着丝绢，丝绢上放着一颗莹晶可爱的红豆。

“啊！别致！”我惊异地喊起来。

这是 K 君寄来的，和他好久不见面了。和这邮包一起的，还有他短短的信，说些是祝福的话。

我赏玩着这颗红豆。这是很美丽的。全部都有可喜的红色，长成很匀整细巧的心脏形，尖端微微偏左，不太尖，也不太圆。另一端有一条白的小眼睛。这是豆的胚珠在长大时连系在豆荚上的所在。因为有了这标识，这豆才有异于红的宝石或红的玛瑙，而成为蕴藏着生命的酵素的有机体了。

我把这颗豆递给新娘。她正在卸去早晨穿的盛服，换上了浅蓝色的外衫。

我告诉她这是一位远地的朋友寄来的红豆。这是祝我们快乐，祝我们如意，祝我们吉祥。

她相信我的话，但眼中不相信这颗豆为何有这许多的涵义。她在细细地反复检视着，洁白的手摩挲这小小的豆。

“这不像蚕豆，也不像扁豆，倒有几分像枇杷核子。”

我怃然，这颗豆在她的手里便失了许多身份。

于是，我又告诉她这是爱的象征，幸福的象征，诗里面所歌咏的，书里面所写的，这是不易得的东西。

她没有回答，显然这对她是难懂，只干涩地问：

“这吃得么?”

“既然是豆，当然吃得。”我随口回答。

晚上，我亲自到厨房里用喜筵留下来的最名贵的作料，将这颗红豆制成一小碟羹汤，亲自拿到新房中来。

新娘茫然不解我为何这样殷勤。友爱的眼光落在我的脸上，嘴唇微微一噘。

我请她先喝一口这亲制的羹汤。她饮了一匙，皱皱眉头不说话。我拿过来尝一尝，这味辛而涩的，好像生吃的杏仁。

我想起一句古老的话，呵呵大笑地倒在床上。

网

我想说命运好比渔夫，不时不节在生命的海中下网。凡落入他的网的，便不论贤愚老幼，一齐被捞到另一个世界去。他是一个顶娴熟的撒网者，有一副顶细密顶柔韧的网，有时似会漏下了一尾两尾，但这一尾两尾，终有一天会落入他的网里的，只是早迟先后不同。我说这话可并没有寓着悲观之意，也没有怨嗟之情，犹如鱼不能自悲其为鱼，不能怨尤渔夫的下网一样。我不过偶然取个比喻而已。

引起我这不恰切的比喻来的，是一个老年人。他也是打网的。看到他提着用柳条贯成一串的鱼走过街市或肩着网从村里出来，我因而想起他自己倒是一条漏网的鱼了。正如池里的鱼，每年年头族祠设祭或婚嫁喜事的时候，总要打捞几次，这运命的网落在这村中，也不知有多少回了！老人的同辈都捞去了，他贴身的妻子也被捞了去。偏偏他从网里漏了出来。留在生命的海中，失去他的队伍，耐心等着下次的捕捞。

这老人是什么人？他叫什么名字？他和我什么关系？我不想说。总之他是一个老人，捉鱼的老人。在这村里捉鱼的只有他一个，似乎像他这样大的年纪的也只有他一个，——虽则我得声明还有许多半老的比不上他老的许多人——所以每逢别人叫他“捉鱼的！”或喊声“老头儿！”他一定点头答应，意思是：“是的，我是捉鱼的，我是捉鱼的，我是老人。”

你看他早出晚归，日日奔逐于溪渚水滨，或用罾，或用网，或用钓，或者驾一张小竹，手里拿一柄鱼叉——（那往往是冬天，水族潜伏在水底的时候）——俯视透明的水底，觑看真切便飕地射下去，或者只拿了一尺多长的粗铁丝打成的钩，钩上挂着一条小虫，身子躺在池塘的边上，一手拿钩子向石缝里树根盘结的窟窿里逗引，一手用指头把水面弹得“泼泼”地响；或者更简单些，手里拿了一根竹竿，把池里的水乱搅一通，再蹲在一边等着，看看在水底冒起鳖鱼潜伏时所起的水泡泡来没有，于是用竹竿点定起水泡的地点，把身子钻到水里捞摸……但他所得的网仍是无几，勉强够一天的温饱，他不能为明日预备一份休息的口粮。说到这里，我想到华兹华斯在一篇诗里说起的故事来了：说是一个老人，他每天拖着蹒跚的脚步从一个池塘挨到另一个池塘，坐在水边，把双脚悬在水里。做什么呢？你想，原来他把双脚当作钓饵，引诱池塘里的水蛭——这可怕的吸血的虫——来吸他胫上的血，然后把腿胫提起，捉下水蛭，卖给医生——在当时，水蛭是治疗某种病的，它能毫无痛苦地吸出被认为有害的血液——换取每日的面包。如果这情形是真的，则我应当为我的老人庆幸，因为他还有一个捉鱼的本领，只要负着渔具出门，多少可以捕得一些虾、一些鱼、一双鳖鱼或者几条黄鳝。而他的鱼饵，也只要取给于无辜的小虫，用不到自己的血。

这位老人身世如何？他曾否有过家庭？年轻的时候做什么生？想听者所欲知道的。我在前面曾提到他有妻子，可知他结过婚的。那么他有否子女？这也是必然的询问。但我请你千万莫问他自己，那会使他甚为不欢，这简直是敲上他的悲哀的音键，他甚至于会疑心你的问句是否含着讥讽和恶意了。据我所知，他先前有过一个儿子。不过这儿子非他所出，是他的老年的妻第二次改嫁跟他来的时候随身带来的，说得难听些，是个油瓶。孩子来他家的时候只有四五岁，而他有四十开外年纪了，所以也非常疼爱这儿子。吃的穿的，件件都周到，他尽所能地抚育他。等到长大了，他送他去学木匠，三年学徒满后，居然做得一手好细木，每天可以像正式的老司务一样地挣钱了。那时老人真是说不尽的欢喜，想老年总不至无依无靠了，想病时总有人送盏茶水汤药了，他对别人说话的时候老把儿子挂在口头，说他的工作做得多么细致，结实，说他现在做老司务了，每天可以赚多少钱……便是对着自己的妻子，也笑逐颜开地说："等到 × × 回来的时候，我们要把这道板壁修好，免得冬天冷风吹到我们的床头。"

但是这位木匠儿子出去一年两年不回，也不给个音信。终于在第三年的头上一个同村人给他带来一封信，两块钱，信里说：

"我不是你的儿子，不要指望我。寄上两块钱，请查收。"

这两块钱便算是报他抚育之恩！他气极了，他因此和他妻子着实闹了一场。他持的理由是：

"纵使他不是我的儿子，总还得是你做娘的儿子。这忘恩负义的东西！"

从此他绝口不提起他的儿子。两年后他的妻子病故了，那时他托人辗转捎了个信去，不知是遗失了，也不知怎样，没有回音。

话说回去，我得说他原先干的是什么职业。他原来不是捉鱼的。他和村里的大部分人一样，他种田，同时也撑竹，他自己只有一亩田，和屋后一小块菜园。他向别人再租几亩，春耕夏耘，也算得一个道地的农民。撑竹呢，那只好算作他的副业。从村前的埠头撑着竹送货到县城里，下水一天，接货回来，上水三天。四天工夫，可以挣几只光洋，这是顶赚钱的生意。秋末冬初，山上的木板编成筏子，由水道运送到府城里，来回便得半月余，除了伙食开销，可以剩下十来只大洋回家。他水路熟，身体好，有力气，凭他的双手一家衣食无缺。他下水是一条龙，说是有一次一袋铜板翻到一个一篙多深的潭里去了，他潜水下去，逐一摸回，一个没有短少。那时他便欢喜捉鱼，而捉回来的每每把小的坏的多余的卖掉，好的留给自己吃。有时不卖不吃，把它焙干放在土瓶里。

这些都是年轻时代的话了。现在他连回忆都懒得回忆。日趋衰老的体格，担受不起水途辛苦，挽竹上急滩只好让比他年轻的一辈去干，种田翻土呢，也难比从前，租来的田都给收回去了。于是他把从前作为玩意的游戏当作糊口的职业，好在这水边的生活于他原不生疏。

自从他妻子故后，他也有过一场不大不小的病。一亩薄田和屋后的一块菜园便在那前后抵押给别人了。老人没有别的嗜好，闲时贪吸一口旱烟。看他把白烟吸进之后闷在嘴里很久不吐，好像要把一生的愁苦，都要一口吞到肚子里去的样子。

不晓得他从哪里学得结网的本领，他用生丝结成半寸见方的网，专门拦取溪里的小鱼。有人告诉他：

“你老年了，少杀生吧。”

“我面前没个人，身后没个影，作什么功德。”他干涩地回答。

他家的门前便悬着各种的罾网。太阳照过来的时候，把网的影子映在单薄的板壁上，现出整齐的菱形的图纹。老人又在结他的网了，戴着一副老花眼镜。在他的手指底下似乎在铺排着鱼的命运。而我，不知从哪里袭来的一种古怪的念头，觉得这老人自己是一条漏网的鱼，有一天，他的腮子会再次挂到命运的网眼里去的。

昆虫鸟兽

白　蚁

祖父不欢喜屋边种树，院里莳花，园中长草。而我自幼便爱花木果树以及虫鸟。少时读书，记得“鸟雀之巢可俯而窥”的句子，颇为神往。试想屋边有树，树下有荫，树上有巢，巢中有黄口的小鸟，见人并不惊惧，何等可爱！但是我的宅边是无树的。栽种果树，也是幼时可数的几桩伤心事件。我曾种过一株杏子，天天用柴枝计量它的生长。好容易等待了三年，已经开花结果，一天从学校回来，已被祖父砍去。剩下一截光秃秃的根株，好像向我哭诉的样子。祖父严肃的面貌显得非常无情，连撒娇发恼的宽容也不给。此外我还在瓜棚底下种过一株柚子，秋收时节，被堆上稻草，活生生地给压死。因此我一连郁闷了好几日。待到把一切都隐忍住做一个乖孩子时，生命里便失去一片葱茏了。

如今应该我来原谅我的祖父，（愿他在地下平安！）年龄帮助我了解他不爱果树花木的理由。他是道地的农民，他爱五谷有甚于花草，爱瓜豆有甚于果树。果树给园圃遮荫，树根使菜根发苦；青草则是农家的劲敌，草叶上春夏多露，秋冬多霜，霜露沾湿了朝行的脚，使趾缝霉烂。青草复濡湿了簟场，妨碍晒谷。所以在祖父经营底下的田园，都处理得干干净净，不留杂草。坐享其成的我，不知粒粟辛苦，单爱好看好玩的事物，不爱好用的事物。像我这样的也不只我一个人罢。

祖父不爱果树的第二个理由，是怕它招来无端是非。孩子都爱花果，为了攀折花果引起大人们的争执，时常看到。乡居最重要的是睦邻。聪明的治家的人对于凡能引起争执的原因，都要根本加以除去。祖父是极端的例子。他把家藏的打长毛用的土枪、马刀、匕首等故意丢在夹壁中让它锈烂，禁止我们耍枪弄棒，或和别人争吵打架。他和平地度过一生，而和平也随着他的时代消失了。

但是祖父不爱屋边树还有一个最大原因。他的经验告诉他屋边树会遮住阳光，使居宅阴暗，树下往往是有害的昆虫聚居的所在，其中有一种叫作“白蚁”的，是可怕的害虫。这是白色的米粒大小的动物，学名叫作 Leucotermis speratus，就个体而言，它是极软弱的小虫，然而它们的数量多得惊人。它们有强大的繁殖力和食欲，专吃树木。树木吃完时，不论杂粮谷粒，甚至药材衣料也都吃。如果一个村庄被白蚁侵入了，那么近则数年，远则十数年，建筑物的木料被吃一空，因之房屋坍毁，村舍破败。这破坏的工作又在暗中进行，好像吸血的寄生虫，把生物暗暗吃瘦，它们把整个村落暗暗吃空。使人们只觉日渐崩败，而不知崩败之所以然。

农人对“白蚁”视为灾异，畏之如恶神，因之也有许多迷信。他们说起这种动物，好像很有灵性。说是它们未来之前，有一种昆虫替它引路，正如伥是替虎引路似的。又说它们能够渡水，窠筑在隔溪地方，却会侵入溪的对岸人家……每当老年人夜晚无事，聚坐闲谈，偶尔落到这问题上来，便真有谈蚁色变的样子。其实这种恐怖的心理，乃是夹带着“家运衰落”的暗示。因为被白蚁侵入的人家，便是将要残败的朕兆。

家里的住宅虽已古旧，但建筑的年代并不十分久远。从前这里大概是一片灌木丛，仅有几间小屋，点缀在荒烟乱草间。我们的家便是从早已翻造过了属于别人的几间小屋里发祥的，便有点寒伧感觉，而暗暗对那一块地觉得分外亲热。对于旧土地之亲恋就是并非种田的我也有说不出的眷念之情的，也许是凡人的常情罢。离我的村庄不远，从前还有个村落，听说不知何故犯了皇法，被官兵杀尽，房屋地基充公，良田改为大路，大路改为良田，那些被消灭了的人们便也无人能够记忆。我每想到村后曾是个流血的地方，更兼那一带都是累累荒冢，幼小时候是连后门也不敢出去的。秋冬之夜，西北风吹得瓦楞震响，仿佛有一些冤抑的言语在低诉，便缠着母亲，要她去看看后门有否拴上，还心怕门闩不坚实，提议多加几道杠子，致被人们取笑。不听话的时候，便被吓着要关到后门外去。

现在当然改观了，园后建了新宅，灌木荆棘都已削平，村庄也日渐扩展。而往日荒凉的庭园的记忆，却从小一直刻在脑际。那时园子四周长着各色各样的荆棘、藤萝和细竹，这些植物可做天然篱垣，所以任其自然生长，不加砍伐，这荆棘丛成了鼬鼠和狸獾藏匿的所在。村中走失鸡只，往往在荆丛旁边发现毛翮。小偷在人家窃得衣物，把赃物暂藏在这丛蓁背后，给人们发现的，也不止一次。在这平静的小村庄中是一件大事。

每一块土地都有它的历史。而这历史，当其中的人物消失之后，就坠入一种暗黑里，令人不能捉摸。后人望着这段历史或故事，便如同一个黑洞窥视，什么都不见，心里便有一种恐惧和神秘的感觉。这园子在我看来也有几分神秘的。它的一角上有一个土墩，好像坟冢的样子。有人说这是某姓的祖坟，而那一姓已经香火断绝了。又有人说这是一个不知从什么地方来的乞丐，在路边倒死，别人把他葬在这里。至于这块地怎样成为我家的园子，正如我家的小屋怎样成为别人的住居一样的茫然，这土冢和荆棘丛以及那被官兵消灭的村庄，同样地使我起一种恐怖的念头。加之被荆棘遮住，园子的一半是终年照不到阳光的，踏进里面，便有一种阴森感觉。

初次踏进这园子，仗着人多的声势胆敢向土冢和荆棘丛正望一眼的，是一个初冬的早晨，太阳刚刚出来，大家喝了热腾腾的早粥，身上微微热得有点汗丝后，便一齐动身到园里去。祖父，祖母，父亲，母亲，我和我的姊姊，婶母，和许多邻居，他们拿着锄头，畚箕，铁锹，如临大敌。我不懂为了什么事，只听得祖父声音洪亮地喊："一定在这坟坑里，一定在这坟坑里。"我问母亲他们找的是什么？

"孩子不要多问。"

我仍然要问。逼得她不得不回答我。

"白蚁。"

我没见过白蚁，蚂蚁是常见的。看事情这样严重，似乎是可怕的东西。

"会咬人吗？"

"会咬人的。走得远点。"别人唬吓我。

但是大家围着坟墩不动手，显出踌躇样子。祖父坚决说白蚁一定住在这里面，人们则乱嚷着坟不能轻易开掘。开罪于亡灵会在家里发生什么不祥事件也难定。有人则主张替它另外择地迁葬。受着维新思潮的洗礼的父亲只说："管它是乞丐的坟或是谁家的祖坟，既然成了白蚁的住居，便非掘开不可。"说着便将铁锹插进去。于是大家一齐动手，一面还希望能够发现什么古物异物。谁知砍了进去，除了几根竹鞭之外，什么也没有。既无砖拱，也无石砌，只是一堆乱石和黄土，并且不见半个白蚁影子。等到大家手掘得发软，憩息下来：才断定这不过是一个土墩。大概是从前垦田，把田里的石块抛成一堆，日久蔓草滋生，遂成坟冢样式。这番工作虽找不到蚁窠，却替园子辟出一块隙地。给黑暗的历史解了一个谜，大家心里倒畅快。

自从那时起白蚁便在我稚弱的心中投下威胁。祖父说村庄的东端已发现白蚁，不久会把全村侵遍。他好像眼见一种祸害降临，想极力设法避免，显出一种不安和焦急。他提议把村周树木砍光，也许会发现它们的住处。听信他的人固然有，讥笑他的人却占大多数。断定自己园子里的土冢一定是蚁，结果却无所获的一回事成了别人背后谈笑的资料，甚至讥讽他的杞忧。祖父从那时起也不说话，只是把屋角阴暗的所在，打扫得干净，又把朽腐的木头聚在一堆，杂些枯柴加以烧毁。从那腐烂得不能发火的木头冒出缕缕的青烟影里，祖父的面容是有点忧郁似的。

日后因为蚁啊什么的不常被人提起，便都忘了。许多年后的冬天，接连下了几天雨。冬雨令人忧愁，它还带来寒冷，好像哭泣欲止还流地，却又非常吝惜。家里没有故事书和画报等等，只在灰烬里煨着番薯和芋头等东西打发日子。祖父年衰了些，仍还健康。他发现屋瓦有数处漏雨，吩咐我上去瞧瞧。我燃了一支短烛并且携了木盆上楼去。楼很低，不通光亮，平素不住人，只放些祭器之类，一年难得有一二次上去的。我用手掌遮住短烛，寻觅楼板上漏湿的和屋顶发亮的所在，预备用木盆来承滴漏，忽然不知怎的，脚底一软，嗒一声一只脚便踹到楼下去，烛也打翻了。惊定之余，才发现楼板穿了一洞，差险些连人也会跌到楼下去。我捡起楼板的碎片，那是像发酵的面包，表面却非常完好。我把这事告诉祖父。他说这是白蚁把楼板吃空了，一面携我一同上楼，用一个铁锤敲击梁栋，告诉我哪几根梁是吃空了，哪几根有一半完好，哪几根则是全部完好的。“这房子不久便会全部吃空了。”他担忧说。

“加以修理不行么?”我问。

“换上新木料，只不过耐几年，不久一样被吃空。”

“有不被吃食的木料么?”

“有的。并不适用。而且不能全部重换过。”

“不能用一种药品把它杀死么?”

“它的活动人们看不见。它们把木质吃空了，表面上看不出来，药料渗不进去。”

“那么没有办法么?”

“听说有一种甲虫，专吃白蚁，只要养一对，便会繁殖起来，把它们吃个干净。”

“想法弄一对来呢。”

“这是江湖术士卖的。价钱很贵。可是我从未见过。”

“没有什么别的办法呢?”

“有一种人，专捉白蚁。他知道白蚁所经的路，沿这路线去发现它的窠。冬季白蚁聚居蛰伏，把它连窠掘掉，是基本的办法。只是人们都认为杀死亿万生命是罪过的，不肯干这行业。这种技术差不多失传了。”

“这样说来，只好让它们去啮蚀了。”我觉得失望。

“且托人打听打听看。”祖父这样说。

说了这番话后每年春夏之交，夜间屋子里辄有成阵的白色小虫，在灯前飞舞。这便是有翅的白蚁。交尾期到了，雌雄成阵飞翔，不数天后便产卵死去。这使我们极端讨厌，不论油灯里，茶碗里，汤锅里，到处发现这昆虫的尸体。它们同着苍蝇和蚊子，成了最讨厌的三种夏虫了。

一个春天，村中来了一个远行客手里拿了一根铁杖，肩上背着褡裢。他一径走进我们的村庄，到我家找我的祖父。他已去世多年了。父亲的鬓发也已斑白，俨然一老人。我和弟弟已长成得够稳重。当我们问来客找去世的祖父有何贵干，他回答是捉白蚁的，我们大家都奇惊异了。寒暄一番用过点心之后便请他到屋子里村庄周围踏看。他从容地不动声色地巡视了一番，用铁杖在树根底下坟冢旁边捣了几下，回到家里说已有几分眉目。他说干这种杀害生命的行业，若不是因为家道穷，是不肯干的。所以他要一点钱。当父亲向他保证说不致叫他白辛苦之后，他说：

“不要府上出钱。请做个主，向各家捐募一点款子有多少就多少，随便都行。”

事情说定了。他答应明天伴同他的助手一同来，他就在离此不远的一间乡下客店里住着。他看定蚁窝在村东的大樟树下。樟树长在坟上。他先要知道砍倒这樟树或者对坟的毁害是否得村众的允许。

这消息传出去了，于是村人便纷纷议论“樟树是万万砍不得的”！差不多全体都这样说。“樟树有神，极是灵验。谁家的孩子对着它撒尿，回家来肚皮痛哩！”“樟树是镇风水的，没有樟树，龙脉走动，村庄会败落的！”这样七嘴八舌地呶呶谈论着。

“还记得你家把园里的坟掘了，并无白蚁发现。万一樟树砍了并无白蚁，那怎么办？”他们拿这问题来诘难父亲。

“砍倒这双人合抱的樟树要费不少人工哩！倘不小心会压坏附近房子的。”

城狐社鼠的例子到处都存在。父亲也不愿拂逆众意，讨论结果定了一个折衷办法。就是先凿一个洞试试看。“如果蚁窠发现了，并且筑得很深，非把树砍倒不可，那么把它砍倒后让人埋怨去就是。”父亲暗自打定主意，就这样决定了。

第二天早晨，初春的皑皑的白雪熠耀在附近的山头，寒风掠过落了叶的枯枝。在冬季仍是青苍的樟树的荫下，麇聚着好奇的观众。各人手里捧了火钵。风扬起钵里的草灰，扇红炭火，把火星散在灰色的天空下。大家冷得发抖，却冒风站在那里，看捉白蚁的和他的助手挥斧砍树。有的为了怕冷，便自动帮忙，拿起斧来狠劈，弄得一身温暖。父亲也兴致很高似的，披上过窄的大氅，站在人丛间说着白蚁的故事。有些人则带着讥刺的眼光，眼看捉蚁人在凛冽的寒风里额上冒着汗珠，心想如果发现不出白蚁来，一定狼狈得令人快意的。

约摸过了一点钟的样子。斧底下飞出霉烂了的树心的片屑。再是一阵用力，便显出一个黝黑的树洞。捉蚁的挺了挺腰身，用铁杖往洞里探了探。抽回来的时候，尖端上粘附有白色被捣烂了的昆虫。他露出胜利的微笑，翻身对我说：

“到家里挑两双谷箩来罢？”

“难道装得满四只谷箩么？”我惊奇地问。

“还不够装呢！如果多的话。”

谷箩挑来了，并且带来了长柄的杓子。捉蚁的伸进杓子，把白色的动物像米饭般不住地掏了出来。大家都非常惊异。它们是扁长形状，肚子椭圆，恰像香尖米。头上一对黑褐色的腮颚。它们冬眠正酣哩，却连窝被人掏出来。看它们在寒风里抖动着细嫩的脚，似乎吃木头的罪恶也有可原谅之处了。

看看快装满四箩，剩余的再也掏不出来了。父亲叫人把家里存着的柴油拿来，混合着滚水，从树孔中灌进去。这是去恶务尽的意思。树心空蚀了的樟树干恰像一根烟囱似的从顶端透冒出蒸汽和油的混合烟雾。我和我的弟弟被派把白蚁倾到溪流里去。每一次把谷箩的内容倾人汩汩的春日的寒流里，被波浪泛起的瑑瑑的白虫，引起水底游鱼的吞食时我心中暗里觉得所谓生命者也不一定是可宝贵的东西，一举手间这无数的个体便死灭了。以后在一本生物学书本上读到“物种是这样慎重选择，而生命是怎样的滥毁”的一语，不禁瞿然有感于心者，是受白蚁的故事的影响也未可知。

把空的容器挑回家来，姊姊笑脸问我把白蚁怎样处置了？我回答她是倾到溪水里面。她笑着说：

“你这小傻瓜。你不妨把它挑回家来，把它放在大缸里，我来替你养两只母鸡，每天用它喂食。它们每天可以替你生两个蛋。你便不致吃饭时嫌菜蔬了。”

“把它放在家里，不怕爬出来么？”

“这种冷天还会动么！而且你可以把它放在露天底下。爬不到屋子上的。”

鹤

在朔风扫过市区之后，顷刻间天地便变了颜色。虫僵叶落，草偃泉枯，人们都换上臃肿的棉衣，季候已是冬令了。友人去后的寒瑟的夜晚，在无火的房中独坐，用衣襟裹住自己的脚，翻阅着插图本的《互助论》，原是消遣时光的意思。在第一章的末尾，读到称赞鹤的话，说是鹤是极聪明极有情感的动物，说是鸟类中除了鹦鹉以外，没有比鹤更有亲热更可爱的了，“鹤不把人类看作是它的主人，只认为它们的朋友”等等，遂使我忆起幼年豢鹤的故事。眼前的书页便仿佛变成了透明，就中看到湮没在久远的年代中的模糊的我幼时自己的容貌，不知不觉间凭案回想起来，把眼前的书本，推送到书桌的一个角上去了。

那是约摸十七八年以前，也是一个初冬的薄暮，弟弟气喘吁吁地从外边跑进来，告诉我邻哥儿捉得一只鸟，长脚尖喙，头有缨冠，羽毛洁白，“大概是白鹤罢。”他说。他的推测是根据书本上和商标上的图画，还参加一些想象的成分。我们从未见过白鹤，但是对于鹤的品性似乎非常明了：鹤是清高的动物，鹤是长寿的动物，鹤是能唳的动物，鹤是善舞的动物，鹤象征正直，鹤象征涓洁，鹤象征疏放，鹤象征淡泊……鹤是隐士的伴侣，帝王之尊所不能屈的……我不知道这一大堆的概念从何而来？人们往往似乎很熟知一件事物，却又不认识它。如果我们对日常的事情加以留意，像这样的例子也是常有的。

我和弟弟赶忙跑到邻家去，要看看这不幸的鹤，不知怎的会从云霄跌下，落到俗人竖子的手中，遭受他们的窘辱。当我们看见它的时候，它的脚上系了一条粗绳，被一个孩子牵在手中。翅膀上殷然有一滴血痕，染在白色的羽毛上。他们告诉我这是枪伤，这当然是不幸的原因了。它的羽毛已被孩子们翻得凌乱，在苍茫夜色中显得非常洁白。瞧它那种耿介不屈的样子，一任孩子们挑逗，一动也不动，我们立刻便寄予以很大的同情。我便请求他们把它交给我们豢养，答应他们随时可以到我家里观看，只要不伤害它。大概他们玩得厌了，便毫不为难地应允了。

我们兴高采烈地把受伤的鸟抱回来，放在院子里。它的左翼已经受伤，不能飞翔。我们解开系在它足上的缚，让它自由行走。复拿水和饭粒放在它的面前。看它不饮不食，料是惊魂未定，所以便叫跟来的孩子们跑开，让它孤独地留在院子里。野鸟是惯于露宿的，用不着住在屋子里，这样省事不少。

第二天一早我们便起来观看这成为我们豢养的鸟。它的样子确相当漂亮。瘦长的脚，走起路来大模大样，像个“宰相步”。身上洁白的羽毛，早晨来它用嘴统身搜剔一遍，已相当齐整。它的头上有一簇缨毛，略带黄色，尾部很短。只是老是缩着头颈，有时站在左脚上，有时站在右脚上，有时站在两只脚上，用金红色的眼睛斜看着人。

昨晚放在盂里的水和饭粒，仍是原封不动，我们担心它早就饿了。这时我们遇到一个大的难题：“鹤是吃什么的呢？”人们都不知道。书本上也不曾提起，鹤是怎样豢养的？偶在什么器皿上，看到鹤衔芝草的图画。芝草是神话上的仙草，有否这种东西固然难定，既然是草类，那么鹤是吃植物的罢。以前山村隐逸人家，家无长物，除了五谷之外，用什么来喂鹤呢？那么吃五谷是无疑的了。我们试把各色各样的谷类放在它跟前，它一概置之不顾，这使得我们为难起来了。

“从它的长脚着想，它应当是吃鱼的。”我忽然悟到长脚宜于涉水。正如食肉鸟生着利爪而食谷类的鸟则仅有短爪和短小活泼的身材。像它这样躯体臃肿长脚尖喙是宜于站在水滨，啄食游鱼的。听说鹤能吃蛇，这也是吃动物的一个佐证。弟弟也赞同我的意见，于是我们一同到溪边捉鱼去。捉大鱼不很容易，捉小鱼是颇有经验的。只要拿麸皮或饭粒之类，放在一个竹篮或筛子里，再加一两根肉骨头，沉入水中，等到鱼游进来，缓缓提出水面就行。不上一个钟头，我们已经捉了许多小鱼回家。我们把鱼放在它前面，看它仍是趑趄踌躇，便捉住它，拿一尾鱼喂进去。看它一直咽下，并没有显出不舒服，知道我们的猜想是对的了，便高兴得了不得。而更可喜的，是隔了不久以后，它自动到水盂里捞鱼来吃了。

从此我和弟弟的生活便专于捉鱼饲鹤了。我们从溪边到池边，用鱼篓，用鱼兜，用网，用钓，用琼，用各种方法捉鱼。它渐渐和我们亲近，见我们进来的时候，便拐着长脚走拢来，向我们乞食。它的住处也从院子里搬到园里。我们在那里掘了一个水潭，复种些水草之类，每次捉得鱼来，便投入其间。我们天天看它饮啄，搜剔羽毛。我们时常约邻家的孩子来看我们的白鹤，向他们讲些“鹤乘轩”“梅妻鹤子”的故事。受了父亲过分称誉隐逸者流的影响，羡慕清高的心思是有的，养鹤不过是其一端罢了。

我们的鹤养得相当时日，它的羽毛渐渐光泽起来。翅膀的伤痕也渐渐平复，并且比初捉来时似乎胖了些。这在它得到了安闲，而我们却从游戏变成工作，由快乐转入苦恼了。我们每天必得捉多少鱼来。从家里拿出麸皮和饭粒去，往往挨母亲的叱骂，有时把鹤弄到屋子里，撒下满地的粪，更成为叱责的理由。祖父恐吓着把我们连鹤一道赶出屋子去。而最使人苦恼的，便是溪里的鱼也愈来愈乖，不肯上当，钓啦，琼啦，什么都不行。而鹤的胃口却愈来愈大，有多少吃多少，叫人供应不及了。

我们把鹤带到水边去，意思是叫它自己拿出本能，捉鱼来吃。并且，多久不见清澈的流水了，在它里面照照自己的容颜应该是欢喜的。可是，这并不然。它已懒于向水里伸嘴了。只是靠近我们站着。当我们回家的时候，也蹦跳着跟回来。它简直是有了依赖心，习于安逸的生活了。

我们始终不曾听到它长唳一声，或做起舞的姿势。它的翅膊虽已痊愈，可是并没有飞他去的意思。一天舅父到我家里，在园中看到我们豢养着的鹤，他皱皱眉头说道：

“把这长脚鹭鸶养在这里干什么？”

“什么？长脚鹭鸶？”我惊讶地问。

“是的。长脚鹭鸶，书上称为‘白鹭’的。唐诗里‘一行白鹭上青天’的白鹭。”

“白鹭！”啊！我的鹤！

到这时候我才想到它怪爱吃鱼的理由，原来是水边的鹭啊！我失望而且懊丧了。我的虚荣受了欺骗。我的“清高”，我的“风雅”，都随同鹤变成了鹭，成为可笑的题材了。舅父接着说：

“鹭肉怪腥臭，又不好吃的。”

懊丧转为恼怒，我于是决定把这骗人的食客逐出，把假充的隐士赶走。我拳足交加地高声逐它。它不解我的感情的突变，徘徊瞻顾，不肯离开，我拿竹锤打它，打在它洁白的羽毛上，它才带飞带跳地逃走。我把它一直赶到很远，到看不见自己的园子的地方为止。我整天都不快活，我怀着恶劣的心情睡过了这冬夜的长宵。

次晨踏进园子的时候，被逐的食客依然宿在原处。好像忘了昨天的鞭挞，见我走近时依然做出亲热样子。这益发触了我的恼怒。我把它捉住，越过溪水，穿过溪水对岸的松林，复渡过松林前面的溪水，把它放在沙滩上，自己迅速回来。心想松林遮断了视线，它一定认不得原路跟踪回来的。果然以后几天内园子内便少了这位贵客了。我们从此少了一件工作，便清闲快乐起来。

几天后路过一个猎人，他的枪杆上挂着一头长脚鸟。我一眼便认得是我们曾经豢养的鹭，我跑上前去细看，果然是的。这回弹子打中了头颈，已经死了。它的左翼上赫然有着结痂的创疤。我忽然难受起来，问道：

“你的长脚鹭鸶是哪里打来的？”

“就在那松林前面的溪边上。”

“鹭鸶肉是腥臭的，你打它干什么？”

“我不过玩玩罢了。”

“是飞着打还是站着的时候打的?”

“是走着的时候打的。它看到我的时候，不但不怕，还拍着翅膀向我走近哩。”

“因为我养过它，所以不怕人。”

“真的么?”

“它左翼上还有一个创疤，我认得的。”

“那么给你好了。”他卸下枪端的鸟。

“不要，我要活的。”

“胡说，死了还会再活么?”他又把它挂回枪头。

我似乎觉得鼻子有点发酸，便回头奔回家去。恍惚中我好像看见那只白鹭，被弃在沙滩上，日日等候它的主人，不忍他去。看见有人来了，迎上前去，但它所接受的不是一尾鱼而是一颗子弹。因之我想到鹭也是有感情的动物。以鹤的身份被豢养，以鹭的身份被驱逐，我有点不公平罢。

虎

乡间过年，照例要买盏灯笼，上面写上住宅的堂名或是商铺的店号，这些虽属琐屑，但也是年终急景的一种点缀，这习惯至今沿袭着。做孩子的时候，就渴望着父亲能买一笺灯笼回来，上面写着本宅的堂名，和别人的一样。而父亲提回来的，虽是漂亮的纱笼，灯上题的却连“陆”字的影子都没有，老是“山房水月”四个大字。父亲说，这四个字代表四种景物，正合乡居风味，同时还夸这几个字写得好，好像得之不易似的。我心中大不以为然，为什么不写个堂名呢？我可不知道叫做什么堂？厅上也没有匾额。

旧历新年的时候，人们便快乐起来，就是乞丐，也翻出各种花样，用他们的笑脸和讨彩换取布施，人们的施舍也特别丰厚，并且对他们换了尊称。例如摇钱树的，狗捣米的，扫扫地的，我们都叫作“佬”；尤其是对于一种打卦定吉凶的，我们称之为“先生”，因为他也认得几个字。看到打卦先生上门，看他摇摇摆摆，正正经经，口中念念有词，手里搬弄着两块木卦，便非常有趣。每年在同一时候，打卦先生站在灶间门口咕噜了一大阵之后，插着问：

“尊府贵姓啊?”

“陆。”祖母好像熟悉他的每一字句，早就预备好了这个单字，在适当的时间填入他滔滔的语流中似的。

“贵府堂名啊?”有时这样问。

“没有。”总是这样回答。

一次父亲恰巧在旁，便抢着说。

“辟虎堂。”

打卦的茫然不知所措。因为这名字来得生疏而奇突。但也将就糊里糊涂念下去，把手中的木片东南西北抛掷了一回，说些吉利话，要了施舍而去。父亲那天似乎特别高兴，在打卦先生去后，走进房中，随手拿出红纸和笔砚，他先研起一池浓墨，把纸折出方格，然后展开，平铺在桌上，挥笔写出“辟虎堂”三个大字。又似余兴未尽，便谐义谐音地一连写了“殪虎堂”，“一瓠堂”六个字。于是稍稍退后几步，抱着手欣赏自己的书法。

“这几个字怎读法怎解释呢?”那时我已读书识字。但像这样冷僻的字，还没见过。

父亲是嫌这堂名取得不佳呢，是从字义或字音上想到不吉的语句呢，还是怪自己的字写得不好呢，他忽然不高兴起来，把墨沈未干的红纸揉作一团，抛在纸簏里，他并不向我解释，以后也从未提起。

以后我想到父亲偶然的题名应当是和虎有关的。在我的屋子背后曾经过一条虎。那是在一两年前初冬的早晨，我一早醒来便听见邻居的一位堂房伯母在那儿哀哭。原因是她的唯一的心爱的牲畜和财产——一个小猪，夜间被虎衔去了。我们跑去看她养猪的所在，猪栏是筑在廊前檐下，用竹席和稻草盖搭就的，住在居室的外面，没有关锁。虎从矮墙跳进来，衔了小猪又从矮墙跳出去。虎把猪栏撞翻了，栏里歪斜地倒着木条和玉蜀黍秆子之类。伯母一边哭一边恸，数说着她如何自己巴不得省一口食粮来喂这小猪，她疼爱它赛过自己的儿女。为贫穷压弯了腰身的伯父则指手画脚地在说着虎的来踪和去迹，在泥地寻觅它的脚印。他们踪迹它的脚印子，终于落到我家的后园，越过一个荆棘丛，直到溪边去了。当时我也跟着大家找脚印子，人们说什么“梅花印子”啦，“碗口大小”啦，我则并没有清晰的印象，只是人云亦云，作算是自己曾看到过的罢了。这事发生之后，大家都说“虎落平阳”是年荒世乱的预兆。原来秋季已经歉收，人心便惴惴不安担忧冬季日子不好过。他们一面告诫孩子，一面束紧肚皮，极力节省，做度冬的准备。冬天终于过去了，虎也不曾重来，伯母又从针黹积得零钱，再买一只小猪来了。

父亲心里所辟的“虎”是否这一只有形的“虎”？还是别的使农村贫穷的无形的“虎”呢？也许是另一回事。那是更久远了，我出世还不久，母亲只有二十多岁，正当丰盛的年龄。我家曾弄到一只虎。这是祖父和他的同年们在山上打得的还是别人打得的，不得而知。我从幼便天天看到悬在廊前的一颗虎的头骨。这骨头，同着两把铜钱剑，被人家搬来搬去，当作镇邪的东西。譬如什么人着妖精迷了，夜里化作女子来伴宿啦，什么人在野外归来，骤然得病啦，便把这两件法宝借去。凭着猛虎生前的余威和铜钱剑上历代帝王的名号壮了病人的胆，因而获得痊愈的事也许不是没有，这虎头和铜钱剑便愈走愈远不知下落了。

关于那只虎的猎得和处理传说了好些年头罢——乡间的故事是那么少，而他们那么喜爱！正如他们有着健啖的肠胃，需要丰盛的酒肉，他们需要许多资料来充他们的精神的粮食——可是待我长大，他们便不常谈起了。我也只剩一些朦胧的记忆。

几年前一位甥女出嫁，母亲在临睡前打开箱子，想找出什么送嫁的东西。最后她拿出一串项链，上面悬着几个虎爪和虎牙，还缀有小小的银铃。这是她亲手在虎掌上挖下来的，也曾围过我的项颈。当她把这串银链放在掌上，做着长长的谛视时，我仿佛看到她出神的脸色的变容。鬓边有了白发的母亲重想起嫁后不久用小刀剜着虎爪时的年青时代，心中涌起甘的或是苦的一些什么滋味？像我做孩子的是不能了解的。

失物

近来，我失去一件心爱的东西。

幼年的时候，一个小小的纸匣里藏着我最爱的物件——一块红玉般的石子，一只自己手制的磁假山……我时常想，假如房子起火延烧起来，不用踌躇的，第一，我便捧着这匣子跑。但是房子终没有失慎，我没有机会表示我对于那几样物件的心爱。

年来已不再那样的孩子气，但心头的顽固终未祛除。心中念念不忘的是过去生活的遗骸，心中恋恋不舍的是曾被过去的生命赋予一息的遗物。

啊，七八年间绿色的生命，这小小的信物便是他的证人。不是粉红色却是檀香般高贵的爱，没有存着将来应用的心，纯是为了爱好，对于知识的追求和努力……一切，如初夏的早晨一样的新鲜。

现在我时常感到空虚，往昔回忆的精灵在我的面前时隐时现，却又拢不住它，回忆的蝉翼是太薄且轻了。

正如扶乩者的桃枝，正如巫者的魔杖，我便凭着我小小的宝贵的信物，将散失的影像召集拢来，啊，数不清的腮边的吻，数不清的江上的渔火，数不清的山林落叶的声音……一切的回忆向我点头，使我浑然忘了自己。

现在，魔杖遗失了。可怜的巫者已无法召回往昔的精灵，只长望着无垠的天空唏嘘而已。

蝉

负了年和月的重累，负了山和水的重累，我已感到迢迢旅途的疲倦。

负了年和月的重累，负了山和水的重累，复负了我的重累，我座下的驴子已屡次颠蹶它的前蹄，长长的耳朵在摇扇，好像要扇去这年、月、山、水和我的重负。鼻子在吐着泡沫。

天空没有一点风，整个的地面像焙焦了的饼，上面蒙着白粉。蹄子过处，扬起一阵灰尘，过后灰尘复飞集原处。

为了贪赶路程，所以不惜鞭策我的忠厚的坐骑，从朝至午不曾予以停歇，我真是成了赶路人了。然而路岂能赶得完！

说是有人为了途穷而哭呢。

说是也有人曾为了走不遍的路而哭呢。

而后者是征服东欧的英雄。

我焉能不望这长途叹息。

我终于在一株树荫底下坐下来了。我乘凉，我休息。我的坐骑也不能再前进，它是必需饱有草和水。

我躺在地上，用那鞭子作枕。我咽下水囊中携来的水。把衣袖掩住眼睛，而让驴子在身旁啃啮它的短草。

我正要闭目睡去，耳边忽听到了高枝上蝉的声音。

知了知了知了。

笨的夏虫也知道路是为人走的还是人是专为走路的么?

知了知了知了。

嘶嗄的声音好像金属的簧断续地震动着。但是愈唱愈缓，腔子也愈拉愈长，然而仍固执地唱。

知了知了知了。

我想起了希腊哲人的话：

"幸福的蝉啊！因为他的妻是不爱闹的。"

还有高枝上临风的家。

所以便尽唱着知了知了，而嘲旅人的仆仆么?

我恼怒地拾起鞭子，牵了驴，复走上迢迢的路。

脑后仍断续送来知了知了的声音。

一九三六年四月

蛛网和家

家，是蛛网的中心，四面八方的道路，都奔汇到这中心。

家，是蛛网的中心，回忆的微丝，有条不紊地层层环绕这中心。

人是不比蜘蛛聪明。当蜘蛛乘着春风做冒险的尝试时，往往陷于不能预知的运命，而人们的憧憬，又往往是世外的风土人情。

小小的虫，撇下多少无人补缀的尘封的网！

游子的家呢，只有脑中留着依稀相识的四面八方的道路和残缺不全的回忆而已。

一九三三年

荷丝

我来讲一个故事。

为何荷梗中有抽剪不断的细丝。

原来在水底的荷花姑娘便和蜻蜓的公子水蚕相识，无猜的姑娘便爱上温柔绿色的公子。

他们亲密得比兄妹更深，他们互相衷叙各人的隐私。荷花说她将来会长成一位无瑕的处女，水蚕说他将来背上会长美丽的双翅。

他们幻想着将来的幸福。梦想着出水以后在大无碍的空气中的自由，和亲着几度偶尔照透到水底来的落日的雄姿。

几天的不见，荷花胀满了处女的胸姿，水蚕也褪了旧服，背上负起骄傲的透明的薄翼，来向荷花告辞，说让我先走一步，我将在晚霞中等待你的来时。

在愉快的吻后他便振起双翅，啊，轻柔清鲜的空气沁入他的胸脯。他觉得心旌荡漾难以自持。野花遥遥地向他送吻，他翩翩的风度证明他正是游冶的公子。于是他浑然忘了水底的幼时。

当荷花姑娘盈盈地透出水面来，她婉然谢绝了蜂蝶们的拜访，也无心倾听小鸟们为她歌唱的爱思，她一心在待着幼时侣伴的公子。

但公子正在野花的丛中追逐着游冶郎的残梦，他忘了有人为他憔悴萦思。

荷花不懂负心的世事。她天天的焦恨孕成缕缕细丝。当她突然觉得四肢无力倒在母亲的水的怀中时，断梗中飘拂起无数的细丝。

这便是荷丝的故事。

一九三三年

庙宿

“冷庙茶亭，街头路尾，只有要饭叫化的人，只有异乡流落的人，只有无家可归的破落户，只有远方云游的行脚僧，才在那里过夜。有个草窝的人任凭是三更半夜，十里廿里，总得回自己的窝里去睡，何况有高床板铺的人家！……”一个夏天的清早，昧爽时分，我还阖着眼睛睡在床上，就听见父亲这样大声地申饬着。听说话的语气是十分生气了。父亲平常虽则很少言笑，望去有几分威严的样子，但也不轻易责骂。只要没有十分大过错，总装着不闻不见，不来理睬我们的，这样严厉的高声的斥责，在我听来好像还是初次。

这话是对我的表弟而发的。表弟比我小了几岁，因为早年便丧了父母，所以一大半的日子是住在我的家里。舅父的名分是比生身父母更亲的。我父亲姊妹两人，就只有这块骨肉，想起这两家门祚衰微，夜深谈话时太息着的时候也有过。因此表弟住在我家里的时候，是十分被珍爱宝贝着的。比较起我们来，他是有几分娇宠了。春天，他和邻家的孩子们去踢毽子，打皮球，放纸鹞；夏天，到溪边去摸鱼，捉蟋蟀，都纵容着，但求他爱吃爱玩，快长快大，舍不得用读书写字的约束去磨折他，只是崖边水边，暗中托人照料而已。我们呢，却时常为了参加这种游戏而被责罚的，这点在当时我们的心里颇有些愤愤不平，说起来是我们年纪大一点，只好不计较了。

表弟在他自己家里的时候，便益发放纵，简直成为顽皮的了。他家离我家只有三里路，往来这两家之间，有时便两头都管不着。那一天早晨他在东方发白的时候便擂着大门，高声地喊："开门，我来了。"一进门来便气吁吁地说："舅父，你知道我们昨晚在哪里过夜？昨晚，我和邻哥儿到沙滩上捉蟋蟀，直到夜深，'七姐妹'都快要上山了，便和他们在茶亭里睡了一觉，天一亮我便跑来这里了。"说着颇带得意的神色，意思是要舅父夸奖他几句，称赞他的大胆。却不料遭了一顿斥骂。当时我的心里着实替他不好过。心想他一团高兴，劈头浇了一盆冷水，脸上太过不去啊！当时表弟的心中是悔是怨是恨，不得而知，但看他自此以后便从来不曾在外边过夜这一点的事实，大概在细思之后觉得长辈的话是有几分理由的罢。

听了这隔面的教训之后，我益发不敢自由放肆了。虽则我渐渐地不满意起我所处的天地的狭小；渐渐地不欢喜起这方墙头里边的厅屋，庑廊；我讨厌这太熟识太平淡无奇的天天睡的房间，和它的一切陈设：那刻着我不认识的篆字和钟鼎文的旧衣橱，那缘口上贴着没有扯撕干净的红纸方的木箱，那床额雕着填青的"松鼠偷葡萄"，嘴里老是衔着一个颗粒却又永久吞不到肚子里去；枕窗的前面，右边是雕刻着戴状元帽的哥儿永远骑着一匹马，背后两个跟随老是一个打着伞盖，一个捧着拜盒，另一边则是坐在车中的美女，脸是白的，唇是红的，衣是金的，后面也跟着两个打掌扇的丫头，还有许多别的“如意和合”，“喜鹊衔梅”……等等雕镂，我统统看厌了。这些没有变化的摆设满足不了我的好奇，这小小的方角容纳不下年轻旁薄的心，我想突破这藩篱，飞向不知名的天地。不，只要离开这紧闭的屋子就好！我幻想，假如我能睡在溪边的草地上过夜，四面都没有遮拦，可以任意眺望，草地上到处长满了花，红的，白的，紫的，十字形的，钟形的，蝴蝶形的……都因为露珠的重量把头都压得低了。天上的流星像雨般掉下来，金红色的，橙黄色的，青蓝色的，大的，小的，圆的，五角的……我便不嫌多地捡满了整个衣袋。待回家来的时候，我要把它缀在蚊帐里面，一颗颗，一双双，亮晶晶的……母亲临睡前拿了马尾的拂子撩开蚊帐要赶蚊子出去的时候，会吓了一大跳，说：“咦，在哪里捉得这许多萤火虫来啊！这不洁的东西！……”于是我笑歪了头，笑得连气也喘不过来，告诉她：“这是星星哪，我在溪边捡来的。你下次还放我出去么？”一手揪住她的衣裾，牵磨似的转，她一定不会生气。我又幻想，正如在一本图画册上看到的，说是到北极探险去的人，吃的是白熊的肉，睡的是白熊皮缝就的皮袋……我颇佩服这皮袋的发明者，假如我有一只皮袋，我便可以离开这古旧的屋子，到新的地方去。白天，沿途采些草果充饥。晚上便睡在皮袋里，把头伸在外面。皮袋密不透风，不会受寒，并且什么地方都可以睡，不必拣什么草地了……这样幻想尽自幻想着，而实际从不曾在外边过夜。跟着母亲到冷落的水碓或水磨里去的时候是有的，但不论半夜三更，总得回家去睡。

偶然白天到什么庙里去玩的时候，在壁角上常常看到黝黑的火烧过的痕迹，或者四散在地上的稻草堆。年长的同伴告诉我，这是叫花子们睡的地方，烧火则是因为太冷或者是烤煮从人家讨来的或从别人田里偷来的东西。庙里的地面大都是石铺的或是捶平的泥土，所以可想这地上是很冷很潮湿的。庙门往往没有。即使原来有，迟早会给他们拆下来劈作柴烧个精光。这庙头殿角，冬天多风，夏天多蚊，确不是睡的地方。我想父亲所说的有家的总要回到自己家里过夜的话是有理的了。又有一次我注意菩萨前面香案底下的木台上，钉着许多粗木的桩子，“这是防止叫花子们在香案底下打瞌睡的，”我想。“则菩萨也不欢喜穷人们么?”托一神之庇护且不可得，我感到睡在道旁殿角的人们有祸了。

我在父母的卵翼底下度过了平安的童年，不懂得人世风霜疾苦。假如我回溯起我第一次觉得人生的旅途是并不如幻想那般的美丽时，是在我十八岁的一个夏天。

那夏天，我从 K 地回家去。途中不知是为什么缘故，我病了。是不很轻的病，我发热，头痛，四肢无力。幸而已行近 × 埠，看看踏上故乡的山水了，耳朵听到的也是熟识的乡音。我知道在这种地方无论如何总不致吃大亏的，所以便也放心了。× 埠离家还有一百七八十里之遥，一路沿山靠水，上水船要行四五天，没有车，也没有骡马等代步——现在，自从五丁凿破之后，这条官道是通行着汽车了——山轿是有的，很贵也不很舒服，所以我便照着往常的习惯——上水步行下水乘船——把行李交给过塘行（一种小型的转运公司），独自个掮着一顶伞，开始沿着官道走去。

第二天下午吃点心的时分，到了一个叫作长毛岭的地方。这岭因为打长毛得名，岭上还勒石一方，说明长毛被百姓打散的事迹。岭并不高，但是颇为陡峻。我走到岭脚的时候，突然一种晕眩攫住了我。我觉得无力。“休息一回罢。”我想。看看附近没有人家，离大路五十步远一株大枫树底下有一座庙。许多挑担的人坐在庙里乘凉憩息，担子则放在树荫底下。一副卖糖摊子摆在庙前，卖糖的习惯似的摇着糖鼓。这咚咚的声音才使我注意到这庙。我踅了进去，就在香案底下的木台上——且喜这上面没有木桩子，乡村的灵魂究是比较宽大的啊——坐下。案前烛台上亮着几双蜡烛，炉里香烟绕缭着，这倒不是冷庙呢，我想。一阵沁人的香气在风中送来。抬头一看，庙前的照壁上攀满一墙的忍冬花，八九已凋谢了。“可惜离家太远，否则可以采下这些花卖给药铺呢！”想着，便倚在香案的脚上假寐着，养着神。

时间过去，挑担的一个个都走了。太阳已经扒到岭后，山的巨影压到这庙上来，远处的平畴上闪耀着一片阳光，而这片阳光随着山影的进逼逐渐后退，愈退愈远，愈退愈狭了。庙中只留卖糖的和我。最后卖糖的也摇起一阵糖鼓，向我投来疑问的一瞥走了。这咚咚的声音和一瞥的眼光似乎在催我，说：“暮了，还不赶路！”

我好像有这样的一种习惯，在上一分钟内不想到下一分钟内的事。所以在卖糖的担子去后，我还着实挨了一刻时光，坐在那里不动。人都散了，抛下一团清静给这庙，鸟雀在人声阒然后都从屋脊飞集到墙头上，唧唧喳喳地噪着。暮了，我站起来一阵晕眩，好像从头顶上压下来，我不禁踉跄而却步。我又坐下来。我伸手探一探额，热得炙手，却没有一丝汗湿。身子也有点发颤。“病了，这回，却是真的。”我便照原来的姿势倚在香案的脚上。

暮色好像悬浮在浊流中的泥沙，在静止的时候便渐渐沉淀下来。太阳西坠，人归，鸟还林，动的宇宙静止，于是暮色便起了沉淀。也如沙土的沉淀一样，有着明显的界层，重的浊的沉淀在谷底，山麓，所以那儿便先暗黑了。上一层是清清的，更上则几乎是澄澈的，透明的了。那时我所坐的庙位在山麓当然是暮色最浓最厚密的地方，岭腰是半明半暗，而岭的上面和远山的顶则依旧光亮，透明。一只孤独的鹰在高空盘旋着。那儿应该是暮色最稀的地方，也许它的背上还曝着从白云反照下来的阳光呢。鹰是被祝福的，它是最后的被卷入黑暗者，而我则在这古庙之中，香案之下，苦于暮色之包围。

上弦月在西天渐渐明显了，这黑夜的帷幕的金钩。原来我可以踏着这薄明的月色扒过这条岭，这岭后五六里远摆渡处有住宿的店家。我是误了行程了。现在连开步的力气都没有。

看看这庙里并不肮脏，看看这一墙的忍冬花是清香可喜，一种好奇的心突然牵引着我："既然走不动，便在这香案底下睡他一宵，且看他怎样?"我思想着，"也许，在半夜里，像在荒诞不经的故事里所说的，会听到山灵的私语，说，在某处，藏着一缸金和一缸银啊……哦，我明了这类故事的起源了。大概也是像我这样的人——不，比我更穷更可怜的人——大概也是读过几句书的——幻想很多，牢骚不少——也来睡在这冷庙的香案底下——却不是为了病——为要排遣长夜的寂寥，为要满足这使'壮士无颜'的黄金的欲望，于是便编造这故事出来，逢人便说：听哪！我一天路过——请注意是路过啊——什么地方，天黑了，找不到宿处，便栖在一只破庙里。半夜——唔，子时——我听到有窃窃私语的声音，哪儿来的人呢，在这时候！一定是歹类无疑的了——我可不会报官邀赏——我屏息听着，听着，起先不大明了，但是最后这几句是听得清清楚楚，说是在离此不远，一株大漆树——漆树，是可怕的树——的根旁，离土三尺的地方，有两块见方石板，石板底下是两只大缸，左边的一缸是金，右边的一缸是银。那大漆树的周围二丈之内是没有人敢走近的，一走近了便会头脸发肿见不得人……但是如果用了绿豆芽煎汤，洗了脸，抹过身，拿了鸦嘴锄，跑近树边去，把土掘开来……则藏金便毫不费力地可得了……这位贫士到处宣扬他的奇遇，起先是开玩笑的，后来愈说愈正经，竟敢赌咒说他是亲耳听见的了。别人少不得要反驳他："那么你为什么不去发财呢?""因为我根本没有钱买绿豆芽煎汤啊！……"于是哈哈大笑，说故事的和听的都满足了。

我这样想着，我脱下布鞋，预备当作枕头睡下。庙宿虽是初次，我也不胆怯。明天，病好了，天未明前便起身走，一口气跑到家……

忽然一种悲哀涌自我的心底。我记起从前父亲责骂表弟的话。我想到他的话的用意深长了。当时他这样大声地呵斥着是故意叫我听见的么？是预知我有一天会在外边逢到山高水低，为免却这"迟行早宿"的嘱咐，便借着发怒的口吻，寓着警戒之意么？父亲知道我凡事小心，所以叮咛嘱咐的话也很少，不过偶然在谈话中间流露出来，每使我牢记不忘。现在假如我到家的时候，照例地端详了我的脸色，关切地问："昨晚宿在什么地方?"我将噙着眼泪从实地说："唔……我病了，走不动，宿在长毛岭脚的庙里，一个人……"还是打句从来不曾作过的谎话呢？父亲听到这番话后将如何想？……世间的父母，辛勤劳苦地为他们的子女都预备了一个家，大的小的，贫的富的，希望子女们不致抛荒露宿，而世上栖迟于荒郊冷庙中者，又不知有多少人！

痛苦咬着我，刚才的幻想烟般的消散了，我站起来，扶到庙前。望着黑洞洞的山岭，这挡在面前的山岭竟成为"关山难越"的了。"谁悲失路之人"，古句的浮忆益令我怆然。半钩的月亮隐到岭后去了。山岭更显得蒙暗。这是行不得了，我回坐在香案底下。我睡倒，又起来。

"咦，你是×镇来的么，天黑了，坐在这里做什么?"

一位中年妇人拿了一个香篮踏进庙来，熟视我的脸，惊讶地问。这熟视的眼光使我非常为难。

“是×哥儿吗?”

这种不意地直呼我的奶名怔住了我。我想否认，但说不出口。

“你认不得我，难怪，十多年头了。我是你的堂姊，××是我的哥哥的名字。我家和你家，也离不了百几步路。小时候我时常抱你的。”

她急促地把自己介绍出来，毫无疑义地她的眼睛不会看错。

我知道这位姊姊的名字，我也知道这位姊姊的命运。小时候我确是晨夕不离地跟着她的。她抱我，挽我到外边去采野生的果实，拔来长在水边的“千斤草”编成胡子，挂在我的耳朵上。端午时做香袋系在我的胸前。抱我睡的时候也有。有一次还带了一只大手套，在黑夜里把我吓得哭起来，那时我已有牢固的记忆了。在她出嫁的一天，好像并不以离开我为苦，在我哭着不给她走的时候分明地嫣然笑了。以后，我听到她的一些消息，都是悲惨的，不过我也全凭耳食得来，不十分准确。至于她如何会在这时候，在这地方和我遇见，那是不能不惊于命运的簸弄了。

看我一声不响，大概知道我有不得已的情形，便不再追问，只是热情地说：“天黑了，到我家去过夜，脏一点。”

接着连推带挽地把我拉进她的家。这不是家，这是庙左旁的一间偏屋。刚才我从右边进来，所以不曾留心到。屋里面只有一张床，一个灶，没有鸡，没有猫，没有狗；没有孩子，也没有老人，这不像家。

在我在床沿上坐了下去并且回答她我是她的堂弟的时候，她好像异常高兴似的问我：

“你为什么不雇把轿子呢？你在外面读书的，像你这样真有福气。你们是选了又选，挑了又挑的人。”

接着答应我的问句话便川流似的滔滔地流出来。她诉出了她一生的悲苦，在弟弟的面前诉说悲苦是可耻的呀，以前不是我每逢受委屈的时候跑去诉给她听的么？但是她还得这样地诉说着诉说着，世上她已无可与诉的人了。她说到她如何受她的丈夫的摈弃，受她自己的同胞的兄弟的摈弃，如何受邻里叔伯的摈弃，如何地失去她的爱儿，如何地成了一个孤独零丁的人。她年纪仅三十左右，但望去好像四十的老人了。她又告诉我怎样来这庙，每天于早晨傍晚在神前插几炷香，收一点未燃完的蜡烛，庙里每年有两石租谷，她每年便靠这租谷和香火钱过活，勉强也过得去。

“靠来靠去还是靠菩萨。”慑于人之不可靠而仅能乞灵于神，她吐出这样可悲的定命论来了。

“但是你为什么这样晚坐在这里?”紧接着她便问。

“病了。”我简单地回答。

听说我病了，她便收拾起她未说完的话，赶紧到灶下点起一把火，随即在屋的一只角落里拿来一束草——这类似薄荷的药用植物在家乡是普遍地应用着的——放在锅里煎起来，一面把她自己的床铺理了一理，硬要我睡下，又在什么地方找出一包红糖，泡在汤里；热腾腾地端来给我。一壁抱歉似的说：“糖太少，苦一点。”

在她端汤给我喝的时候，这步行和端碗的姿态仍然是十多年前我熟识的她。我熟识她的每一个小动作。我感到安慰，我感到欣喜，在眼前，这化身为姊姊的形态的一切的家的温柔，令我忘了身在荒凉的岭下。她催我睡，不肯和我多说话，自己在床前地上展开一个旧毡陪我，我在这抚爱的幸福中不知不觉地睡去。

次晨动身的时候，她为我整整衣领，扯扯衣襟，照着从前的习惯，直到我走到岭的半腰，回头望这古庙时，她还兀自茫然地站在那里。我到家后，讳说起这回事，只说我身体不好，懒说话。

出外的时候，坐的是顺水船，没有过那庙。第二次回家的时候，走的另外一条路，没过她那里；出外又是坐船。两年前，我故意绕道去望她的时候，已是不在。住在偏屋里的是另一个女人，问起她的去处，一点也不知道。在家里我也打听不明她的去处。

“住在冷庙茶亭里的人有祸了。”我时常这样想。

“有家的不论三更半夜，十里廿里，总得回去……”父亲的话始终响在我的耳际。假使千途万水，百里几百里呢？则父亲母亲的照顾所不及可知。

嫁衣

想叙说一个农家少女的故事，说她在出嫁的时候有一两百人抬的大小箱笼，被褥，瓷器，银器，锡器，木器，连水车犁耙都有一份，招摇过市的长长的行列照红了每一个女儿的眼睛，增重了每一个母亲的心事。但是很少人知道这些箱笼的下落和这少女以后的消息。她快乐么？抱着爱子么？和蔼的丈夫对她千依百顺么？我仅知道属于一个少女的一只箱笼的下落，而这故事又是不美的，我感到失望了。但是耳闻目见的确很少美丽的东西，让这故事中的真实偿补这损失罢。

假设她年已三十，离开华美出嫁的盛典有整整十个年头了。为了某种的寂寞，在一个昏黄的夜晚，擎了一盏手照，上面燃着一段短烛，摸索上摇摇落落的扶梯，到被遗忘的空楼的一角。

那儿有大的蛛网张在两柱中间，白色的圆圆的壁钱东一块西一块贴满黝黑的墙壁，老鼠粪随地散着，楼板上的灰尘积得盈寸。

为了某种寂寞，她来这古楼的一角，来打开她这久年放在这里的木箱。这箱子上面盖了一层纸，纸上满是灰尘，揭开这层纸，漆色还是十分鲜艳的呢。这原是新的木箱，有幸也有不幸，放上了这寂寞的小楼便不曾被开启过，也不曾被搬动过。

箱子的木板已经褪缝，铰和铜锁也锈满了青绿。箱口还斜角地贴着一对红纸方，上面写着双喜字。这是陪嫁的衣箱。自从主人无心检点旧日的衣裳，便被撇弃在冷落的楼阁与破旧的家具为伍了。

为了某种寂寞，她用一大串中的一个钥匙打开这红漆的木箱。这里面满是褶得整整齐齐的嫁时妆。她的母亲在她上轿的前夕，亲手替她装下大大小小粗粗细细的布匹和衣服，因为太满了，还费了大劲压下去，复用竹片子弹得紧紧地，然后阖上箱盖。那晚母亲把箱子里的东西一件件地重复地念给她听，而她的眼睛沉重得要打瞌睡，无心听了。现在这里是原封不动的，为了纪念母亲，不去翻动它罢，不，便是为了不使自己过分伤心；便不去翻动它罢。

在这箱子的上层，是白色的和蓝色的苎布。那是织入了她的整个青春啊。她自从七岁便开始织苎。当她绾着总角髻随着母亲到园子里去把一根根苎麻刈下来，跟着妈妈说“若要长，还我娘”，嘻嘻哈哈地把苎叶用竹鞭打下，堆扫到刈得光秃秃的苎根株上面，“把苎叶当作娘，岂不可笑，那地土才是它的娘啊，苎叶只是儿女罢了”，她确曾很聪明地这样想过；当她望着母亲披剥下苎的皮层，用一把半月形的刀把青绿脆硬的表皮刮去，剩下软白柔韧的丝绦，母亲的身旁堆了一大堆的麻骨，弟妹们便各人拈了一根，要母亲替他们做成钻子，真的用一根竹签做钻头，便会做成一把很好的钻子，坚实的地土便被钻得蜂窠似的了，她呢，装作大人气派说：“我，大人了，我不玩这东西。”于是便拿来了一片瓦，一个两端留着节中间可以储水的竹槽，注上水；把苎打成结，浸入水里，又把它拿出来，分成细绞，放在瓦上一搓一搓，效着大人的模样，这样，她便真的学会了织苎了。

在知了唱个不停的夏天，搬了小凳到窄小的巷里，风从漏斗口似的巷口吹进来，她在左边放着一只竹篮，右边放了苎槽和剪，膝上放了瓦片，她织着织着便不知有炎夏地过了一个夏天，两个夏天，七八个夏天……等到母亲说：“再织上几两，我替你做成苎布，宽的给你裁衣，窄的给你做蚊帐，全部给你做嫁妆”，她脸微赪了。

现在，锁在这箱里霉烂的是她织上了整个青春的苎布啊。

在冬时，她用棉筒纺成细细的纱，复把它穿进织带子的绷机的细眼里，用蓝线作经，白线作纬，她是累寸盈尺地织起带子来了。带子有窄的，有宽的，有白的，有花纹的，有有字的。她没有读书，但能够在带上织字。“长命富贵，金玉满堂”呀，“河南郡某某氏”呀，卐字呀，回文呀，还有她锦绣般的心思，都织在这带上。

“妈妈，我织了许多带子了。”她一次说。

“傻丫头，等到出嫁后，还有工夫织带子么？孩子身上的一丝一缕，都得在娘身边预备的。”

“将来的日子有带般长才好呢。”

“不，你的前途是路般长。”

“妈妈的心是路般长。”

这母亲的祝福不曾落在她的身上。她没有孩子。展在她前面的希望是带般的盘绕，带般的纡回，带般的曲折。她徒然预备了这许多给孩子用的带，要做母亲的希望却随同这带子霉腐于笥底了。

在这箱子的底层，还有各色绣花的衣被，枕衣，孩子的花兜，披襟，和各种大小的布方。她想到绣在这上面的多少春天的晨夕，绣在这上面的多少幸福的预期，她曾用可以浮在水面上的细针逢双或逢单的数剔布绸的纹眼，把很细的丝线分成两条四条，又用在水里浸胀了的皂角肉把弄毛了的丝线擦得光滑，然后针叠针地缝上去。有时竟专心得忘了午餐或晚餐，让母亲跑来轻轻拧她的耳朵，方才把绣花绷用白绢包好，放入细致的竹篮，一面要母亲替她买这样买那样。

现在这些为了将来预备的刺绣随同她的青春霉烂于笥底了。

幸福的船像是不平衡的一叶轻舟，莽撞的乘客刚踏上船槛便翻身了。她刚刚跨上未来的希望的边缘，谁知竟是一只经不起重载的小舟呢。第一，母亲在她出嫁后不一年便病殁了。她原没有父亲。丈夫在婚后不久便出外一去不返，说是在外面积了钱，娶了漂亮的太太呢，她认不得字，也无从读到他的什么信。她为他等了一年，两年，十年了，她的希望的种子落在硗瘠的岩石上，不会发芽；她的青春在出嫁时便被褶入一对对的板箱，随着悠长的日子而霉烂了。

这十载可怕的辛劳，夺去了她的健康。为要做贤慧的媳妇，来这家庭不久便换上日常的便服，和妯娌们共分井臼之劳。现在想来真是失悔。谁知自从那时后便永远不容有休息呢。在严寒的冬月，她是汗流浃背地负起沉重无情的石杵；在幽静的秋夜的月光中，为节省些膏火，借月光独自牵着喂猪的粮食。偶时想到她是成了一头驴子。团团转转地牵着永远不停的磨，她是发笑了。还有四月的麦场，五月的蚕忙，八月的稻，九月的乌桕，都是吸尽她肩上的血，消尽她颊边的肉的。原是丰满红润的姑娘呵，现在不加修饰地像一个吊死鬼。不过假如这样勤劳能得到一句公平的体恤的话，假使不至无由的横遭责骂，便这样地生活下去罢。

“闲着便会把骨头弄懒了啊!”这不公的诟声。

“闲着便会放辟逾闲啊!”这无端的侮辱。

于是在臼和磨之外又添了砻。在猪圈中添了一条猪为要增加她的工作。

在猪圈中又是添了一条猪，为要增加她的工作。

竟然养起母猪来了。那是可怕的饕餮！并且……

“你把这母猪喂饱，赶这燥猪过去啊!”

她脸一红。感到这可耻的讥刺，这无赖的毒意。她是第一次吐出怨的声音，诅咒这不义的家庭快快灭亡罢。她开始哭了。

接着是可怕的病，那是除了出嫁了的妹妹是没有人来她的床边的。妹妹是穷的，来去都是空手，难怪这一家人看到她来谁也不站起招呼一声。母亲留下她们姊妹兄弟四人，兄弟们都各自成家，和她成了异姓，和她同枝连理的妹妹，命运是这样不同。她是富，妹妹是穷，她是单身，妹妹是儿女多累，这奇异的命运啊！但是谁也没有想到这富家媳是受这样的折磨！当时父母百般的心计是为要换得这活人的凌迟么？她呜咽了。

假如生涯是短促的话，她已过了三分之二了。假如生涯是更短促的话，哪，便在目前了，所以她挣了起来，踅上这摇摇落落的扶梯，来这空楼的一角，打开古绿的锁，检点嫁时的衣裳么？箱里有一套白麻纱的孝服，原是预备替长辈们戴孝的，现在戴的为了自己，岂不可怜。

伏在箱子的一角，眼泪潸潸地流下来。手照落在地上，不知不觉地延烧了拖垂着的衣襟，等到她觉得周身火热才惊惶地呼喊时，一股毒烟冒进了她的口鼻，便昏厥过去。

家人听见叫喊的声音跑来，拿冷水泼在她的身上，因而便不救了。假如当时用毡子裹住她，或想法撕去她的外衣，那么负伤的身至今还活着的罢。

后来据他们说是“因为她身上的不洁，冒犯了这楼居的狐仙，所以无端自焚的”。不久之前，我曾去看这荒诞无稽的古楼，楼门锁着，贴上两条交叉的红纸条。这楼中锁着我的第二房的堂姊的嫁衣。

光阴

我曾经想过，如若人们开始爱惜光阴，那么他的生命的积储是有一部分耗蚀的了。年轻人往往不知珍惜光阴，犹如拥资巨万的富家子，他可以任意挥霍他的钱财，等到黄金垂尽便吝啬起来，而懊悔从前的浪费了。

我平素不大喜爱表和钟这一类东西。它金属的利齿窸窸窣窣地将光阴啮食，而金属的手复滴滴答答地将时间一分一秒地数给我。当我还有丰余的生命留在后面，在时光的账页上我还有可观的储存，我会像一个守财奴，斤斤计较寸金和寸阴的市价么？偶然我抬头望到壁上的日历，那种红字和黑字相间的纸页把光阴划分成今天和明天。谁说动物中人是最聪明的？他们把连续的时间分成均匀的章节，费许多精神去较量它们的短长。最初他们用粗拙的工具刻画在树皮上代表昼夜，现在的人们则将日子印在没有重量的纸条上每逢揭下一张来，便不禁想：“啊！又过了一天！”

怎样我会起了这些古怪的念头呢？是最近的一个秋日的傍晚，我在近郊散步，我迎着苍黄的落日走过去，复背着它的光辉走回来，足踩着自己的影子。“我是牵着我的思想在散步，”我对自己说。“我是踪蹑着我的影子，看我赶不赶得过它？”我一面走一面自语。“我在看我自己影子的生长，看它愈长愈快，愈快愈长。”我独语。总之，我是在散步罢了。我携着我的思想一同散步。它是羞怯得畏见阳光，老躲在我的影子里。使得我和它谈话，不得不偏过头去，伛偻着身子，正如一个高大的男子低头和身边的女子说话，是那么轻声地，絮絮地。

我们走着走着，不知从哪里来的一枚树叶，飘坠在我们的脚前。那样轻，怕跌碎的样子。要不是四周是那么静寂，我准不会注意。但我注意到了，我捡了起来，我试想分辨它是什么树叶？梧桐的，枫槭的，还是樗栎的？但我恍若看到这不是一张树叶，分明是一张日历，一张被不可见的手扯下来的日历。这上面写着的是一个无形的字：“秋。”

“秋！”我微喟一声。

“秋，秋。”我的思想躲在我的影子里和答我。

我感到有点迟暮了。好像这个字代表一段逝去的光阴。

“逝去的光阴。”我的思想如刁钻的精灵，摸着了我的心思。

“光……阴。”这两个平声的没有低昂的字眼，在我的耳边震响。

光阴要逝去么？却借落叶通知我。我岂不曾拥有过大量的光阴，这年轻人唯一的财产，一如富贾之子拥有巨资。我曾是光阴富有者。同时我也想起了两个惜阴的人。

正是这样秋暖的日子，在很早很早以前。家门前的禾场上排列着一行行的谷箩、在阳光下曝晒着田里新收割来的谷粒。芙蓉花盛开着。我坐在它的荫下，坐在一只竹箩里面，——我的身子还装不满一竹箩——我玩着谷堆里捉来的蚱蜢螳螂和甲虫，我玩着玩着，无意识地玩去我的光阴。祖父是爱惜光阴的。他匆匆出去，匆匆回来，复匆匆出去，不肯有一刻休息。但是他珍惜也没有用，他仅有不多的光阴。等到他在一个悄然的夜晚，撇下我们而去时，我还不懂他为什么要离开我们，原来他把光阴用尽了。

还是在不多年以前，父亲写信给我说："你现在长大了，应该知道光阴的可贵。听说你在学校里专爱玩，功课也不用功……"父亲也珍惜起光阴来了。大概他开始忧光阴之穷匮，遂于无意中把忧心吐露给我。在当时我不是能领会的。我仍是嫌光阴过得太慢。"今天是星期一呢！"便要发愁。"什么时候是圣诞节呢？"虽则我并不喜欢这异邦的节日。"怎样还不放假呢？"我在打算怎样过那些佳美的日子。光阴是推移得太慢了，像跛脚的鸭子。于是我用欢笑去噪逐它，把它赶得快些。正如执棰的孩子驱着鸭群，唿哨起快活的声音促紧不善于行的水禽的脚步，我曾用欢笑驱赶我的光阴。

"你曾用欢笑驱赶你的光阴。"我的思想像"回声"的化身，复述我的话。

但是很久不那么做了。竟有一次我坐在房里整半天不出去。我伏在案前，目视着阳光从桌面的一端移到另一端。我用一根尺、一只表，来计算阳光的足在我的桌面移动的速度，我观察了计算了好久。蓦然有一种感触浮起在我的脑际，我为什么干这玩意儿呢？我看见了多少次阳光从我的桌面爬过，我又多少次看见阳光从我的窗口探入，复悄悄地退出。我惯用双手交握成各种样式，遮断它的光线，把影子投在粉壁上，做出种种动物的形状，如一头羊，一只螃蟹，一只兔；或则喝一口水，朝阳光喷去，令微细的水滴把光线散成彩虹的颜色。何时使我的心变成沉重，像吝啬的老人计数他的金钱，我也在计算光阴的速度呢？我曾讥笑惜阴人之不智，终也让别人来讥笑自身么？

“你也在计算光阴的速度了。”我的思想像喜灾乐祸似的，揶揄我。

真的，我在计算光阴的速度了。我想到光阴速度的相对性，得到这样的结论：感觉上的光阴的速度是年龄的函数。我试在一张白纸上列出如下的方程式：“光阴的速度等于年龄的正切的微分。”当年龄从零岁开始，进入无知的童年，感觉上的光阴速度是极微渺的。等到年龄的角度随岁月转过了半个象限（我暂将不满百的人生比作一个象限，半个象限是四十五岁了），正切线的变化便非常迅速。光阴流逝的感觉便有似白驹，似飞矢，瞬息千里了。我想了又想，渐渐陷入了一个不能自拔的思索的阱里。想到我自己在人生的象限上转过了几度呢？犹如作茧自缚，我自己衍出方程式而复把自己嵌在这式子里面，我悲哀了。

“你自己衍出方程式而复把自己嵌在里面。”思想嘤然回答，已无尖酸的口吻。

但是我无法改正这方程式，这差不多是正确的。在我的智识范围内不能发现它的错误。啊，悲哀的来源，我想把这公式从我的脑筋中擦去，已是不可能。正如我刚才捡起来的树叶，无法把它装回原来的枝上。我重新谛视这片叶，上面仍依稀显现着无形的字：“秋”。

另一天，从另一枝柯上，会有不可见的手扯下另一片树叶——是一张日历——那上面写的应该是另一个字：“冬”！

“冬”，我的思想似乎失去了回答的气力。

“秋……冬”，又是两个没有低昂的平声的字眼，像一滴凉水滴进我的心胸，使我有点寒意。我不能再散步了，我携着我的思想走回家，正如那西洋妇人携着她的狗，施施归去。此后我就想起：如若人们开始爱惜光阴，那么他的生命的积储是有一部分耗蚀的了。

乞丐和病者

仿佛我成了一个乞丐。

我站在市街阴暗的角落，向过往的人们伸手。

我用柔和的声音，温婉的眼光，谦恭的态度，向每一个人要求施舍。

市街的夜是美丽的。各种颜色的光波混合着各种乐曲的音波。在美丽的颜色间有我的黑影，在美丽的音乐中间有我求乞的声音。

无论人们予我以冷淡，轻蔑，讥诮，呵斥，我仍然有着柔和的声音，温婉的眼光和谦恭的态度。

在我的眼中人们都是同等的。不论他们是王侯，公主，贫民，歌女，我同样地用手拦住他们，求一份施舍，一枚铜子或纸币。

我在他们的眼中也是同等的。不论他们是黄种，白种，本国人，异国人，我同样地从他们的手中接到一份施舍，一个铜子或纸币。

我是一无所有。我身上只有一袭破衣衫，但这不是为了蔽寒而是为了礼貌；我的破帽则只是为了承受别人的施舍。我是世界上最穷的人。我没有金钱，名誉，爱情，幸福，地位，事业，一切人们认为美好的东西；我也没有自私，骄矜，吝啬，嫉妒，虚荣，贪欲，一切人们认为丑恶的东西。我如同来这世上的时候，也如同将要离去这世上的时候，我身上没有赍携，心中没有负累。

然而我有一个美丽的东西。我有一个幻想。没有一样东西比我幻想中的东西更美丽，更可爱，没有一块地方比我幻想之境更膏腴，更丰饶，没有一个国家比我幻想之国更自由，更平等。我有可以打开幻想的箱子的钥匙，我有可以进入幻想的国境的护照，这钥匙和护照，便是贫穷。

我还有一种珍贵的财宝。一种人们认为黄金难买的东西。我是“空闲”的所有者。有谁支配他的时间如同我浪费的光阴？有谁看见夜合花在夜里启闭，有谁看见蜗牛在潮湿的墙脚铺下银色的辇道，有谁知道夜里的溪水在石滩上怎样满涨，有谁知道露粒在草叶尖上怎般凝结？更有谁知道一个笑颜在人的脸上闪过而又消失，或是一茎须发的变白？而我，我知道这些多于别人的。因为我有多余的“空闲”，我有余闲和自然及人类接近。我消耗我的光阴在极琐细的事情上面，我浪费我的光阴如同我在海里洗澡浪费了一海的水，我是光阴的浪费者。我有浪费的权利。

我可还是另一种宝贵的东西的所有者。我拥有大量的祝福。乞丐的祝福是黄金。没有一种祝福比乞丐的祝福更真诚，更纯洁，更坦白，也是更可贵，更难求的。我用虔心的祝福报答人们的施舍。啊！你说我是在求乞么？不，我是在施予。我分赠我的祝福给愿意接受它的人。你看我穿了破衣衫在街边鹄立，我是来要求每一个过路的人为我打开祝福之门。

我又仿佛成了病者。

我没有病。只因偶时起了惜己之心，想到应当照料一下自己了，于是仿佛病了。

我没有病。只因偶时起了偷闲之心，想着愿意懒一懒呢，于是真的好像病了。

我独自睡在静静的房间里，一张干净的床上。房里有着柔和的光线，一切粗犷的噪声都被隔断。没有人来打扰我，我有正当的理由躲开别人。

于是我开始照料我自己：寒暖，饮食，思维，动作……我照料我自己如同父母照料一个婴儿，我体贴我自己如同体贴一个情人。我发现自己是那么被疼爱，被宝贵，这种并不高尚的感情在我的心中生长。这回却毫不矛盾地妥协地接受了。病是“自私”的苗床，“自私”在那里生长。

我开始检查我自己：神经，心脏，肝肾，肠胃，皮肤，毛发……我检查自己的过去和现在：忧伤，快乐，悔恨，庆幸，顺遂，蹉跌，奢心，幻灭……我分析我自己如同医士解剖一个死尸，我审鞫我自己如同法官谳问一个犯人。我发现自己的每一个缺点，正如我熟悉别人的缺点。我不能过分谴责自己，正如不能过分谴责别人，这种并不高尚的感情在我的心中生长，这回又毫不惭愧地妥协地接受了。病是“自私”的苗床，受“宽容”的灌溉。

我愿意有一回病的，我不想避开它。病是生活的白页。当你，偶然读一个长篇小说，为紧张的情节所激动而疲倦了，但你不能不读下去，那时你会渴望逢到一张白页，一个章回，借以休息你的眼睛，松弛你的注意力，以待精神恢复；当你在人生的书本上翻了一页又一页，你逢到许多悲，欢，离，合，你有时为感情压倒了，你无法解开人生之结，你不宁愿有一场疾病么？病使苦痛遗忘，病使生机恢复。病是人生的书本的章回，它是前一章的结束，下一章的开始。

我期待着有一回病的，我需要它。病是生活的乐曲的休止节。当一个旋律进行着，一会儿是 Andante，一会儿是 Allegro，一会儿是 Crescendo，一会儿是 Decrescendo，你的心弦为之震荡，为之共鸣，为之颤动，为之兴感，你有时觉得有点疲累，你愿意有一个休止节，这无音的音符。病是人生的乐曲的休止节。它从前一节转到下一节，从 Fine 回到 Da capo。

然而，正如老是生的暮年，病是死的幼年。生的长成，趋于衰老，病的长成，渐于死亡，噫！